C'est

préférés,

à ses débuts, j'ai lu

tous ses romans et je

te les recommande tous!

Bonne lecture à Shanghai!

Avec un clin d'œil,

l'héroïne, elle, arrive

de Shanghai!...

Amitiés,

Anne-Marie

MW00467016

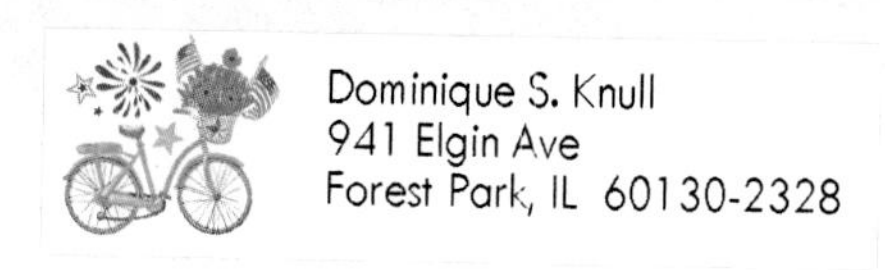

Les Témoins de la mariée

Didier van Cauwelaert

Les Témoins de la mariée

ROMAN

Albin Michel

IL A ÉTÉ TIRÉ DE CET OUVRAGE

Vingt exemplaires
sur vélin bouffant des papeteries Salzer
dont dix exemplaires numérotés de 1 *à* 10
et dix exemplaires, hors commerce, numérotés de I *à* X

© Editions Albin Michel, 2010

I

Hermann Banyuls

«Je suis tombé amoureux, et je ne me relève pas.» C'est en ces termes que Marc nous a parlé d'elle, la première fois, dans sa maison de la forêt de Chevreuse, pendant le réveillon du 21 décembre. Notre pré-Noël entre potes, avant celui des familles, des maîtresses ou des solitudes qui nous séparaient toujours les soirs de fêtes officielles.

Il a bien vu qu'on ne le croyait pas. Tomber amoureux, lui, le don Juan machinal dont le press-book était un tableau de chasse ? Lui qui était l'un des photographes les plus chers du monde, et qui ne couchait jamais plus d'une semaine avec ses modèles, par conscience professionnelle, instinct de survie et respect pour ses prochaines conquêtes ? Au bout de huit jours il me les confiait, pour que je les dissuade de s'incruster. J'étais chargé, preuves à l'appui, de le faire passer pour un pervers en série ne songeant qu'à tuer sa mère en détruisant les autres femmes. Comme les grands de ce monde ont un goûteur, Marc m'employait à l'année pour pouvoir consommer en toute sérénité : j'étais son dégoûteur.

De même qu'il me laissait utiliser pour mon plaisir ses voitures de collection dont j'assurais l'entretien, j'avais le droit, si la fille m'attirait et qu'elle était d'accord, de toucher en nature ma commission d'intermédiaire. C'était rarement le cas. Je suis sexy comme un croque-mort, j'ai un nom ridicule, une tête qui fait peur et, de toute façon, ses ex étaient trop accros à son charme pour avoir envie de se venger dans les bras de sa doublure. C'est à moi qu'elles en voulaient. Lui, elles le *comprenaient*, tellement j'étais convaincant lorsque je lui inventais la pire des mères en m'inspirant de la mienne. Elles le plaignaient, avec la sensation flatteuse de sacrifier provisoirement leur passion dans leur propre intérêt. Et elles ne doutaient pas qu'une fois sa maman au cimetière, il reviendrait vers elles qui avaient si bien su le comprendre. Son prestige d'amant et mes talents de comédien transformaient les arrivistes à court terme en rongeuses de frein. Même tombées dans l'oubli, elles ne pouvaient pas se passer de Marc et le bombardaient de mails que je plaçais dans la corbeille sans les ouvrir. Les marcomanes, comme je les appelais. Il ne leur redonnait jamais signe de vie, mais aucune ne se plaignait de lui dans le métier. Elles l'attendaient, prenant son mal en patience.

Lucas, Jean-Claude et Marlène m'ont interrogé du coin de l'œil. Non, je tombais des nues moi aussi : je n'étais pas au courant de cette relation. Marc ne me cachait rien, je tenais ses comptes et son agenda, je gérais sa vie sexuelle et tout était normal ces derniers temps – un peu plus calme que d'habitude, c'est vrai. Je me disais que c'était l'âge. La crise de la quarantaine, quand on commence à brider son moteur par économie d'énergie. Se pouvait-il qu'une femme ait réussi à rendre Marc aussi dépendant que l'étaient ses victimes ? Qu'avait-elle de plus, celle-ci ? Ou qu'avait-elle de moins ?

Au bout de la table, Jaja a couché son verre dans son assiette. L'auxiliaire de vie est venue l'aider à se lever. On l'a suivie des yeux tandis qu'elle marchait vers sa chambre, légère et souriante. C'était le premier Noël où la mère de Marc n'avait reconnu personne.

Il nous a montré la photo de l'élue. Nous avons échangé un regard où la perplexité le disputait à la consternation. Le portrait en noir et blanc était superbement contrasté, comme tout ce que faisait Marc, mais la fille était l'incarnation parfaite de la banalité. Silhouette plate en blouse grise, sourire de commande, cheveux raides, regard droit, avec une expression de désarroi qui s'excuse. Ses yeux bridés et son air boat-people auraient pu illustrer le sujet des sans-papiers à la une de *Libé.*

– Elle est magique, non ? a lancé Marc d'un air extatique en nous resservant du champagne.

On a fixé les bulles dans nos coupes en acquiesçant du nez. Le couscous traditionnel du réveillon refroidissait dans nos assiettes. Quand on a les plus belles femmes du monde à ses pieds, on finit peut-être par se lasser et retrouver l'exaltation des premières fois dans les charmes cachés d'une insignifiante.

– Et comment elle s'appelle ? a lancé Jean-Claude, à la limite de l'agressivité.

Deux ans après, il ne s'était pas remis de son divorce. Fou amoureux de Judith et haïssant leur fille de douze ans qui, par son travail de sape, avait brisé leur couple, il voyait dans la passion brusquement affichée par son ami plus qu'un manque de tact : une offense personnelle. « Magique », c'était un mot à lui. Quand il nous rebattait les oreilles avec son ex, à chaque dîner, c'était une fée sous hypnose, un Tanagra victime d'un sortilège, une Belle au bois dormant envoûtée par une sorcière prépubère. Lorsque son avocate lui avait présenté l'obtention de la garde alternée de sa fille comme une victoire, il avait failli la lyncher. Ce qu'il voulait, lui, c'était la garde de la mère.

– Tu le craches, son prénom ? a-t-il insisté, hargneux.

Contraint à la civilité enjouée dix heures par jour, en tant que directeur d'hôtel, il avait l'habitude de se défouler avec nous. On ne lui en voulait pas, au contraire. On le caressait dans le sens du mauvais poil.

– Yun-Xiang, a répondu Marc avec lenteur, afin qu'on mémorise. Ça veut dire « Senteur de nuage ».

Il y avait une telle admiration dans sa voix, comme si la fille avait remporté son prénom dans un concours universitaire, que Jean-Claude a vidé d'un trait sa flûte de laurent-perrier 2002.

– Et ça sent quoi, un nuage ? s'est informée Marlène d'une voix neutre.

Marc a répondu par un soupir de bien-être, dirigeant la main vers elle comme pour souligner, au-delà des mots, l'évidence d'une fascination qu'elle était loin d'avoir exprimée.

J'ai observé le visage de notre meilleure potesse. Galeriste au flair toujours en avance d'une mode et bisexuelle avisée, elle n'avait jamais cultivé chez aucun d'entre nous la moindre illusion dangereuse. La lucidité et la franchise entretenaient sa beauté bien mieux qu'un maquillage. A trente-neuf ans et demi, la grande blonde aux yeux gris dont nous avions partagé le lit tour à tour au lycée, avec plus ou moins de brièveté mais un bonheur égal, demeurait toujours pour nous l'autorité absolue en matière de femmes – notre « maîtresse-étalon », comme la surnommait Marc. Le fait qu'il n'ait pas perçu sa réticence – ou, pire, qu'il ait refusé de l'entendre – était assez hallucinant.

– Je l'ai connue à Shanghai, a-t-il repris, comme s'il mentionnait une qualité supplémentaire.

– Tu veux dire que c'est une Chinoise de Chine, a prononcé Lucas en détachant chaque syllabe.

Grand reporter au chômage pour clause de conscience, il militait depuis vingt ans pour l'indépendance du Tibet.

– Ce n'est pas contre toi, a répondu Marc en baissant les yeux.

Du coup, il a remarqué les traces de boue sur le tapis persan, et lui a fait remarquer qu'il aurait pu s'essuyer les roues.

– Ton paillasson est encore plus dégueulasse que ta pelouse, a répliqué Lucas. Oui, tu vas me dire qu'elle n'est pour rien dans l'occupation chinoise, c'est ça ? Qu'elle ne sait même pas que ça existe, le Tibet.

– Tu lui expliqueras. Elle a dix-neuf ans, et elle vit enfermée dans son atelier.

– Son atelier ? a sursauté Marlène.

– Elle est peintre.

Un silence a ponctué le crépitement des bûches. S'il ajoutait qu'elle était passionnée de vieilles voitures anglaises, le tour de table serait bouclé. A croire qu'il l'avait choisie en fonction de nous.

– Peintre, a prononcé Marlène avec ces modulations dans le grave dont elle avait le secret. Connue ?

– Au noir. Elle fait trois *Jocondes* par jour, à Shanghai, dans les sous-sols d'un marchand de reproductions. Tu verras, c'est impressionnant. Elle travaille jour et nuit depuis cinq ans ; elle peint de mémoire, elle n'a même plus besoin de s'appuyer sur une photo. Et personnellement, quand je compare, je suis incapable de faire la différence entre elle et Léonard de Vinci.

– Les yeux de l'amour, a soupiré Jean-Claude, le spécialiste de la cristallisation, qui avait fait de sa Judith une icône depuis qu'elle l'avait rayé de sa vie.

En se tournant vers moi, Marc a précisé qu'en plus, du fait de son enfance en milieu paysan, elle savait démonter un tracteur et le remonter en moins de vingt minutes.

– Et sexuellement, a glissé Lucas d'un air suave, elle a le même rendement ?

Marc a laissé passer quelques secondes, son regard nous détaillant tour à tour, avant de conclure avec une sorte de froideur détachée :

– Bref, j'ai pensé qu'elle plairait à chacun de vous, pour des raisons différentes. De toute manière, vous êtes mes seuls amis. Je vais donc vous demander de choisir entre elle et moi. Ou alors, je tire au sort.

On s'est regardés en fronçant les sourcils.

– Tu parles de quoi, Marc ? a demandé Marlène.

– Il nous faut deux témoins chacun.

On s'est dressés d'un bond. Même Lucas a crispé

les mains sur les accoudoirs de son fauteuil roulant et s'est soulevé de dix centimètres pour glapir :

– Tu ne vas pas l'épouser ? Enfin, Marc, tu nous charries, là ! Tu la connais depuis quand ?

– Mon sujet sur les jeunes Chinoises, pour le *Géo* de juillet. Le magazine n'a pas retenu sa photo, moi si. Elle est exceptionnelle. J'ai eu le temps de réfléchir, et je n'ai pas envie de vivre sans elle.

– Tu fais chier, a grogné Jean-Claude.

Lui, quand il était allé se marier à Jérusalem, il nous avait expliqué d'un ton sans appel qu'il lui était impossible de prendre des témoins goys. A son divorce, en revanche, on était là. Témoins de moralité. Du coup, il allait se sentir obligé d'accepter l'honneur dont il nous avait privés, à l'heure où l'idée même d'assister à un mariage le mettait en état de dépression avancée.

– Non mais tu te vois fonder une famille avec une femme d'une culture aussi incompatible ? s'est écrié Lucas, qui dans ses articles était le champion de la mixité.

Marc a allumé une cigarette avant de répondre. Avec la fierté un peu sado qui nous agaçait tant, il a soupiré :

– De toute manière, après ce qu'elle a connu

avec moi, elle ne peut pas rester en Chine. Elle ne rentre plus dans sa vie.

Il nous a toisés avec son plus beau sourire tête-à-claques. Fataliste et lucide. Chaque fois qu'il prenait une femme, en photo puis dans son lit, son regard la changeait de fond en comble : il avait la certitude d'agir malgré lui comme un capteur d'âme, un révélateur, un fixatif. La quintessence du photographe, pour le meilleur et pour le pire. Avec son physique de Viking buriné avant l'âge, dans son éternelle tenue de correspondant de guerre, saharienne Banana Republic et rouleaux de pellicules dans la cartouchière, il aurait pu être simplement ridicule. Une caricature de reporter vintage, un fossile de charme fidèle à l'argentique. Mais le ridicule, loin de le tuer, le rendait terriblement vivant. Indispensable. Sa manière d'occuper l'espace en ignorant l'époque agissait comme une drogue sur nous quatre, pour des raisons diverses. Cent fois, on avait tenté de mettre un terme à notre dépendance. On replongeait toujours. En fait sa présence arrêtait le temps : avec lui, on n'avait jamais l'impression de vieillir.

Il a réchauffé son couscous avec une louche de sauce en ajoutant :

– J'ai obtenu la dispense de publier les bans, pour éviter les paparazzis. Elle arrive à Charles-de-Gaulle après-demain à huit heures, et on se marie le 26 à Villefranche. Des questions ?

La stupeur nous laissait sans voix. Evidemment, ce n'était pas une faveur qu'il nous demandait, c'était une preuve d'amitié. Et ça ne pouvait se donner que dans l'urgence, d'un élan spontané, sans consulter d'agenda.

On a regardé sous un jour nouveau son cadeau de Noël. Le même pour chacun de nous, cette année : une enveloppe contenant un bon d'achat de trois mille euros chez Francesco Smalto. Selon toute probabilité, il avait préchoisi nos costumes pour qu'on soit assortis sur la photo – il nous avait fait le coup, il y a deux ans, pour sa Légion d'honneur. Il ne s'occupait des questions matérielles que lorsqu'il s'agissait de nous mettre en scène – comme au club théâtre du lycée où on l'avait connu.

– Tu demanderas le divorce au bout d'un mois, a pronostiqué Jean-Claude.

– Non. Quand je m'engage, c'est pour la vie. Vous êtes bien placés pour le savoir.

Je n'avais jamais senti une telle détermination chez Marc. L'éternel dilettante qui ne se concentrait que derrière un appareil photo voulait soudain devenir sérieux. Se fixer. Faire une fin. Et il avait pris sa décision sans nous.

Au-delà d'être mis devant le fait accompli, on savait très bien ce qui nous dérangeait à ce point dans la perspective de marier Marc. Notre amitié légèrement pique-assiette s'était soudée autour de son égoïsme généreux et de son inaptitude à gérer le quotidien. Nous avions les clés de sa vie, de sa maman, de ses maisons, de ses voitures. Quatre doubles. Partager notre copain avec une femme légale, une « régulière », une ayant droit, c'était le perdre à coup sûr. Ses foucades et ses défauts nous l'avaient gardé intact pendant plus de vingt ans ; la rédemption par la passion conjugale l'éteindrait au quart de tour. Il ferait des placements, des check-up, des plans de retraite, des projets d'enfants. Adieu les vieux cabriolets deux places que je lui entretenais amoureusement ; place aux breaks neufs, aux monospaces. Il y prendrait goût. Il renoncerait aux voyages pour croupir en cellule familiale. Il vivrait de ses rentes, ne mitraillerait plus que le corps de sa femme et la croissance de ses mômes. Avant même le cap de la cinquantaine, la star du reportage photo deviendrait un has-been au point mort, et nous n'aurions plus rien de nouveau à partager avec lui.

De toute manière, la moindre épouse digne de ce nom se ferait un devoir de nous éloigner, pour garder le contrôle. Livrés à nous-mêmes, nous resterions seuls face à nos échecs, nos renoncements, nos impasses. Sans lui, nous cesserions probablement de nous voir. Comment l'amitié résisterait-elle entre nous, privée de son aimant, de son champ de force ?

– On vote, a soupiré Marlène en se rasseyant. Qui est pour le tirage au sort ?

Marc a regardé nos quatre mains levées, et nous a dit merci du fond du cœur. Avant d'ajouter que ça ne le surprenait pas.

A la fin du dîner, on a joué la Chinoise aux dés. C'est Marlène et moi qui l'avons gagnée. Jean-Claude et Lucas seraient les témoins du marié, et leur grise mine valait la nôtre.

– Vous ne le regretterez pas, a promis Marc avec son vieux sourire de bookmaker.

C'est le dernier souvenir que nous avons gardé de lui.

– Mets-toi sur LCI, vite !

Marlène m'avait réveillé en sursaut. J'ai lâché le portable pour saisir la télécommande, et l'image m'a cueilli de plein fouet. A six heures trente, sur l'autoroute de l'Ouest, la Jaguar de Marc s'était encastrée dans le coffrage d'un radar.

Je ne sais ce qui a été le plus fort sur l'instant : l'incrédulité, l'effroi ou la culpabilité. De toutes ses vieilles anglaises, la Type E était sa préférée ; la plus rapide, la plus capricieuse, celle que j'avais eu le plus de mal à fiabiliser. La journaliste disait qu'il avait perdu le contrôle à 150 km/h pour une raison inconnue. Sa « raison inconnue », pour moi, elle avait un nom. L'étrier de frein gauche. Il s'était déjà bloqué à deux reprises, mais, le mois dernier, je pensais vraiment avoir trouvé l'origine et la solution du problème.

La météo a remplacé les images des pompiers qui s'affairaient autour des tôles calcinées. J'étais anéanti. Pourquoi Marc avait-il décidé de rentrer à Paris ? Une maîtresse urgente, pour enterrer sa vie de garçon au petit déjeuner ? Il m'avait dit qu'il resterait avec sa mère à Chevreuse jusqu'à l'arrivée de sa fiancée. Je devais les rejoindre en fin d'après-midi, après le passage du chauffagiste dans sa résidence parisienne, cet immense chantier dont il refaisait les plans tous les deux mois, ne laissant debout que les murs du studio photo et ceux de ma chambre. En nous raccompagnant à nos voitures, vers minuit, il nous avait recommandé d'être prudents avec une anxiété inhabituelle, qui à présent laissait comme un arrière-goût de prémonition.

Quand Marlène et Lucas m'ont rejoint avenue Junot, l'élection de Miss France mobilisait les équipes d'info. De notre ami, il ne restait plus que seize mots qui défilaient toutes les deux minutes sur le bandeau blanc des dépêches LCI, avec une faute à son prénom. *Le célèbre photographe Mark Hessler est décédé à 42 ans dans un accident de la route.*

Jean-Claude a déboulé un quart d'heure plus tard. J'ai servi le café devant l'écran géant, puis je me suis remis à zapper d'un doigt mécanique. Ce n'était pas la première fois que je les recevais chez lui en son absence, mais là, en rang d'oignons sur le canapé d'alcantara, ils n'osaient pas bouger. Cernés par les objectifs de Marc, les Hasselblad et les Leica sur pied qui n'immortaliseraient plus personne, nous étions incapables de parler, de commenter, d'échanger. Chacun revoyait *son* Marc, des bancs du lycée au pré-réveillon de la veille ; chacun digérait en silence le drame, pesait les conséquences et s'apitoyait sur soi.

En vingt ans d'amitié, nous avions perdu des êtres chers, bien sûr, mais jamais *ensemble.* Les parents de Jean-Claude, la sœur de Marlène, un flirt de Lucas, mon chien... A chaque fois, par pudeur ou par manque d'occasion, nous avions fait deuil à part. Avec la certitude que, si vraiment ça devenait trop dur, nous pourrions toujours trouver du réconfort. Là, notre émotion commune ne faisait que multiplier la douleur, amplifier le vide.

Calcinés de l'intérieur comme la Jaguar rouge qui venait de repasser brièvement sur I-Télé, mes trois compagnons se répétaient in petto la même phrase que moi, j'imagine : « C'est quand on a tout perdu qu'on se retrouve. » A chacun de nos coups durs, Marc nous assenait cette maxime, lui qui n'avait jamais manqué de rien et vivait en parfait accord avec lui-même. Les peines d'amour, les pannes de lit, les crises de conscience et les soucis matériels qui faisaient notre ordinaire le laissaient de marbre. Quand il mettait la main sur son cœur, c'était pour sortir son portefeuille. Nous « dépanner », comme il disait, parce qu'on était les seuls à pouvoir le supporter sur terre. Les seuls à l'aimer, peut-être.

Qui aurait pu se douter que l'avenir donnerait si vite raison à sa vieille maxime ? Comment imaginer qu'en moins d'une semaine, la perte de Marc allait nous rendre à nous-mêmes ?

*

Marlène a appelé Chevreuse pour prévenir l'auxiliaire de vie, empêcher que Jaja n'apprenne comme nous la mort de son fils par la télé. Mais il y avait peu de risques : depuis que son alzheimer l'avait coupée du monde, elle regardait en boucle du matin au soir *Les Feux de l'amour* sur DVD. Pendant ce temps, Jean-Claude téléphonait au frère de Marc qui lui raccrocha au nez, après l'avoir simplement informé qu'il prenait le premier TGV pour Paris et que la fête était finie. De mon côté, je tentais d'obtenir un être humain au standard du Samu. On finit par m'informer que la dépouille serait visible en fin de matinée à l'hôpital de Saint-Cloud.

– Qu'est-ce qu'il entend par « la fête est finie » ? a questionné Lucas.

Marlène a traduit : il allait reprendre en main les affaires de son frère. Je me suis tourné vers Jean-Claude.

– Ça veut dire que tu vas devoir me loger à l'hôtel pendant quelques jours...

– Ça veut surtout dire que je serai viré ! a-t-il glapi.

– Vous êtes ? s'impatientait la voix de permanence au téléphone.

J'ai répondu :

– Hermann Banyuls.

– Et par rapport à lui, vous êtes ?

– Son assistant.

C'était le terme le plus simple pour qualifier mon statut, même si c'était le moins juste. Depuis mes dix-huit ans, j'étais l'assisté de Marc. Logé, nourri, noirci dans ses moteurs. J'avais libre usage de son parc automobile et de ses cartes de crédit, je lui composais ma bibliothèque idéale, je m'habillais dans ses placards, je buvais sa cave et j'aimais ses femmes. De nous quatre, j'étais celui pour qui la question « Que vais-je faire sans lui ? » trouvait le moins de réponses. Il possédait deux tiers de la galerie de Marlène, les murs de l'hôtel que dirigeait Jean-Claude, et subventionnait à hauteur de quatre-vingt-quinze pour cent la fondation de Lucas au profit du Tibet. Autant d'investissements qui seraient sans doute pérennisés à l'ouverture de son testament. Mais moi, privé de mon rôle dans sa vie, je n'étais plus rien.

C'est Jean-Claude qui, le premier, a posé tout haut la question subsidiaire :

– Et Yin ?

– Yun, a corrigé Marlène.

– Qu'est-ce qu'on fait, on la prévient ?

– Tu as son numéro ?

On a fouillé le 28 avenue Junot, ce double hôtel particulier à patio mauresque au sommet de la butte Montmartre, ancienne demeure de Claude Nougaro où Marc avait projeté tant de fêtes qui ne verraient jamais la nuit. Deux ans après l'achat, de restaurations partielles en reconditionnements, il ne savait toujours pas ce qu'il voulait en faire : un musée-théâtre autour de ses photos, un show-room pour ses voitures, un spa supervisé par Jean-

Claude, le siège social de la fondation de Lucas ou un ensemble d'ateliers pour peintres en résidence sous l'égide de Marlène.

Pendant près d'une heure, je leur ai ouvert les placards et les coffres où je classais tant bien que mal le désordre de Marc. Rien sur la mystérieuse fiancée chinoise.

– C'est peut-être à la chaumière ? a suggéré Lucas.

J'ai fait non la tête. Jaja déchirait tout, depuis sa mise sous tutelle imposée par son autre fils ; on ne gardait aucun document à Chevreuse. De toute manière, Marc ne notait jamais rien : toute sa vie était contenue dans le BlackBerry qui avait brûlé avec lui à l'entrée du tunnel de Saint-Cloud.

– Et tu n'as pas fait de sauvegarde ? s'est indigné Jean-Claude. Mais à quoi tu penses, Bany ?

Je lui ai rappelé avec une douceur ferme que j'avais à gérer ses trois maisons, ses treize voitures, sa carrière, ses comptes, ses déplacements et sa mère. Je sauvegardais chaque semaine son agenda et ses contacts sur son MacBook, mais il avait brûlé avec lui dans la Jaguar.

– Et le disque dur externe, ça ne t'a jamais effleuré ?

– Je t'emmerde.

– Calmez-vous, les garçons, a dit Marlène. Le problème n'est pas là.

Elle avait raison. On en revenait à l'obsession que chacun de nous ressassait depuis la veille au soir : pourquoi et comment avait-il réussi à nous cacher cette femme et les préparatifs de son mariage ? Prévoyait-il à ce point notre hostilité qu'il n'avait eu d'autre recours, pour nous empêcher de pourrir son projet, que de nous mettre au pied du mur ? De nous laisser juste le temps de leur acheter un cadeau et de nous faire beaux pour le week-end.

– Cela dit, a repris Jean-Claude en me regardant avec un peu moins d'hostilité, si ce n'est pas à toi qu'il a confié l'organisation des noces, ça ne peut être qu'à Abdel.

J'ai bondi sur le téléphone et j'ai appelé Villefranche-sur-Mer. Le gardien a décroché à la deuxième tonalité.

– Résidence secondaire de Mme Hessler, j'écoute.

C'était le geôlier de Jaja, pendant la guerre d'Algérie. Il lui avait sauvé la vie en l'aidant à s'échapper de son camp fellagha, alors, pour le soustraire aux représailles, elle l'avait caché à bord du paquebot des rapatriés. Il a poussé un cri de joie en reconnaissant ma voix : au moins six mois qu'on n'était pas venus à la villa ! Apparemment, il n'avait pas entendu les infos. Si je lui apprenais la mort de Marc, ça serait la fin du monde. J'ai préféré le faire parler. Non, non, il ne connaissait pas l'heureuse élue, mais il avait tout préparé pour le mariage, il se mettait en quatre pour être à la hauteur de cette merveilleuse surprise. Afin d'éviter les fuites dans la presse, seul le maire était dans la confidence, avec le conservateur de la chapelle des Pêcheurs où se déroulerait la cérémonie.

J'ai raccroché très vite, une boule dans la gorge. Les images de la vieille villa jaune au-dessus de la mer dansaient devant mes yeux. Notre maison de sauvetage où, l'année d'hypokhâgne, boursiers en rupture d'internat, Marc et sa mère nous avaient recueillis. Notre maison de théâtre où il nous dirigeait avec un génie désinvolte, première manifestation de son aptitude à révéler la face cachée des gens de son choix.

– On a l'heure d'arrivée ! s'est écrié soudain Jean-Claude. Donc, on a le numéro de son vol ! Il n'y a qu'à demander à la compagnie aérienne de lui dire qu'elle n'a plus de raison de venir à Paris.

– Yun-Xiang, a glissé Marlène, c'est son nom entier ?

– C'est le prénom, a répondu Lucas. Et vu le décalage horaire, si c'est un vol avec escale, elle est déjà partie.

Ses mains gantées ont tourné en sens contraire les roues de son fauteuil, façon pour lui de se dandiner sous l'hésitation ou la gêne. Il a ajouté :

– Moi, de toute façon, Chinoise ou pas Chinoise, même si j'avais un moyen de la joindre, je serais incapable de lui saccager son bonheur en deux phrases. Autant lui garder ses rêves le temps du voyage. Non ? Ça l'aidera à surmonter le choc.

C'était le plus optimiste de nous quatre : avec sa colonne vertébrale en morceaux, il n'avait pas les moyens de se prendre la tête. Ce géant à lunettes d'écaille, qui faisait dix ans de moins que nous avec son physique de campus américain et son mètre quatre-vingt-seize plié comme par erreur dans un fauteuil fluo, nous avait toujours remonté le moral dans nos périodes de crise.

– Je ne suis pas d'accord, s'est braqué Jean-Claude. Si Marc lui a obtenu un visa en tant que future épouse, elle a un aller simple.

– Eh ben on lui paiera le retour, a tranché Lucas.

De toute manière, on n'a pas le choix. Tout ce qu'on sait d'elle, c'est l'heure de son arrivée : on ira la chercher… et on avisera.

– C'est ce qu'il veut, tu crois ?

J'avais eu le courage de poser la question, du bout des lèvres. Tout le monde fixait Lucas, le seul d'entre nous qui, en tant que bouddhiste, pensait qu'il y avait une vie après la mort. Marc ne croyait qu'en son étoile, Jean-Claude n'avait d'autre Dieu que Judith, Marlène réservait la notion d'éternité aux œuvres d'art et, personnellement, je n'étais pas sûr qu'il y ait une vie avant la mort. On m'avait jeté à la naissance dans un vignoble au bord d'une route ; le hasard m'avait sauvé grâce aux vendanges, mais j'avais toujours eu l'impression d'exister par erreur. D'être une simple illusion. Le cauchemar d'une inconnue – la mère qui m'avait laissé en dépôt dans un cru de Banyuls. Les seuls moments pour moi où la vie avait un sens, c'est lorsque je lisais un roman. Il y avait un plan, une idée directrice. En tout cas, la chute n'était pas le point de départ. Ça me changeait de mon histoire ; ça m'offrait d'autres identités. J'avais autant besoin de me chercher dans les livres que de m'oublier dans les moteurs.

– Je ne capte rien, a dit Lucas. L'esprit de Marc ne me renvoie que mes émotions. C'est trop tôt. Ou alors…

Ses points de suspension me sont restés en travers de la gorge. J'étais de plus en plus persuadé que Marc était mort à cause de moi. La seule personne qui m'ait tendu la main sur terre, je n'avais pas été foutu de lui régler son étrier de frein gauche.

– Ou alors il nous laisse choisir, a achevé Lucas. Le sort de la femme qu'il aimait dépend de nous, désormais.

– Merci du cadeau, a grincé Jean-Claude en sortant sa plaquette d'antidépresseurs homéopathiques. J'ai l'aut' salope à prendre demain à dix heures, moi, comment je fais ?

– Déjà tu arrêtes de penser à toi.

J'avais parlé plus vite que ma pensée, avec une violence que j'ai regrettée aussitôt. De par mes origines jetables, j'avais toujours du mal à entendre un père appeler sa gamine « l'aut' salope », même s'il avait des circonstances atténuantes. Jean-Claude m'a demandé pardon, puis, sans transition, il a éclaté en sanglots. La grande main de Lucas, toute calleuse malgré les gants de rallye qu'il mettait pour piloter son fauteuil, s'est refermée sur le genou du divorcé transi.

Quelques minutes ont passé. Ça me faisait du bien de regarder chez un autre les larmes que mes yeux me refusaient. La seule fois de ma vie où j'ai pleuré, c'est à treize ans, lorsque la mère d'accueil chez qui la DDASS m'avait placé a commencé à me cogner parce que je voulais faire des études de lettres au lieu d'être mécano dans son garage. A chaque torgnole, elle gueulait : « Sois un homme ! » J'ai retenu la leçon. Deux ans plus tard, à son enterrement, la seule chose qui me retenait de sourire, c'était les dents qu'elle m'avait cassées.

– Dans l'état où je suis, a reniflé Jean-Claude en prenant Lucas à témoin, je ne peux pas assumer le drame des autres. Moi encore, j'ai mon travail, j'ai l'espoir de reconquérir Judith le jour où elle verra clair dans le jeu de l'aut' salope. Mais cette pauvre fille… Attends, une esclave chinoise qui plaque tout pour venir se marier en France, comment tu veux qu'elle rebondisse ?

– J'ai le droit d'être cynique, les garçons ?

On a tourné vers Marlène un regard pas fier mais lucide. Bien sûr, dans la tragédie que nous vivions, la seule bonne nouvelle était que Marc avait trouvé la mort *avant* le mariage. Soulagés de la perspective de devoir composer avec une veuve, on pouvait se permettre de s'attendrir sur le deuil d'une fiancée.

J'ai refait du café et, la tête en arrière dans le canapé géant, on a regardé la neige tomber sur la verrière. C'était notre dernier moment de répit avant les formalités, les responsabilités, les bras de fer. Maintenant qu'elle avait pris effet dans la réalité, la disparition de notre ami ne resterait pas longtemps un simple vide affectif. Il fallait parer au plus pressé.

Je suis descendu au distributeur de la rue Caulaincourt, et j'ai retiré tout ce que j'ai pu avec les cartes de Marc. D'un moment à l'autre, son frère allait faire bloquer ses comptes, et je le voyais mal débourser le moindre centime pour venir en aide à une fiancée caduque en apprenant son existence. Jérôme nous haïssait depuis le lycée, il pensait à juste titre qu'on lui avait volé son jumeau, et ça ne risquait pas de s'arranger à l'ouverture du testament.

*

On est allés reconnaître le corps. Disons qu'on a identifié la Rolex et le piercing.

En se refermant, le tiroir de la morgue a congelé nos souvenirs. Sans Marc, rien ne serait plus comme avant ; le passé qui nous unissait ne gouvernerait plus nos vies. Notre seul enjeu commun, désormais, notre seule raison d'être ensemble, c'était la petite Chinoise inconnue qui atterrirait le lendemain matin à l'aéroport Charles-de-Gaulle

On est arrivés à l'aube, avec deux heures d'avance, et on s'est réparti les tâches. Pendant que Marlène se rendait au comptoir de China Airlines, Jean-Claude allait voir la police des frontières et je m'occupais des journaux avec Lucas.

Nous étions convenus d'annoncer à Yun-Xiang la nouvelle avec un maximum de psychologie, en nous adaptant au fur et à mesure à ses réactions, son caractère et ses facultés d'assimilation. Ignorant si elle comprenait le français, nous avions répété nos différentes versions en nous aidant d'un dictionnaire chinois. Pour lui expliquer, dans un premier temps, l'absence de Marc à l'aéroport et l'impossibilité de le joindre, nous avions deux options : inventer un reportage photo imprévu, ou alors évoquer son accident en remplaçant l'issue fatale par un pronostic réservé des médecins – ce qui lui donnerait le temps de se préparer au pire en entretenant l'espoir. Dans tous les cas, il fallait différer l'annonce de sa mort. Associé à l'excitation du mariage et aux effets du décalage horaire, le choc nerveux risquait de lui provoquer un collapsus, d'après Jean-Claude qui avait fait un stage de secourisme.

Poussant comme un Caddie le fauteuil roulant où j'empilais les quotidiens sur les genoux de Lucas, j'ai fait le tour des points de vente. A la une de *Libé*, Marc souriait sur fond de désert, son Nikon autour du cou et sa main en visière, sous la légende : « Arrêt sur image ». Plus lyrique, *Le Parisien* reproduisait en gras la réaction officielle du président de la République : « Les femmes ont perdu l'un des plus beaux regards posés sur elles. »

– Et comment on fera, dans Paris, pour lui cacher les kiosques ?

– On l'emmène directement à l'hôtel : j'ai préparé le trajet et Jean-Claude a fait retirer la télé de sa chambre.

– Et si elle veut voir l'avenue Junot ?

– Même chose. De toute manière, c'est une question d'heures. On la met en condition, on la prépare au choc, et puis on lui dit.

– *Vous* lui dites, a rappelé Lucas. Moi j'ai fourni le dictionnaire, c'est tout.

Au moment où je balançais les journaux dans une poubelle, deux Vigipirates à mitraillette sont venus me demander mes papiers. C'était normal, avec mon look de taliban courtois, barbiche au cordeau et sourire d'ascète, que je cultivais par provocation pour le plaisir de voir les flics battre en retraite, à chaque fois, devant mon laissez-passer de l'Elysée négligemment glissé parmi mes papiers français en règle.

– Banyuls, a souligné d'un air fermé le plus galonné des deux en découvrant mon nom. Vous vous appelez comme le vin.

J'ai expliqué qu'on m'avait trouvé dans un coteau du Roussillon, raison pour laquelle mes origines inconnues étaient remplacées par une appellation contrôlée. Ils ont hoché la tête, et nous ont demandé pourquoi on jetait ces journaux. J'ai répondu qu'ils étaient pleins de coquilles. Ils nous ont dit de circuler. C'est eux qui sont partis.

– Je n'arrête pas de revoir son corps dans le tiroir, a soupiré Lucas. Ça me hante.

Moi, c'était la Jaguar. L'épave calcinée que j'étais allé voir dans un garage de Saint-Cloud. On ne m'avait pas laissé vérifier les étriers de frein, avant le passage de l'expert des assurances, et l'incertitude de ma responsabilité dans l'accident était pire qu'un vrai remords.

Dans un sens, la mission douloureuse que nous allions accomplir ce matin nous redonnait enfin prise sur la situation. La veille, en arrivant à Chevreuse pour entourer Jaja de notre affection, on était tombés sur Jérôme dans l'interphone du portail :

« Vous n'avez plus rien à faire ici. La crémation aura lieu demain à dix-sept heures. Je ne peux pas vous empêcher d'y assister, mais je vous interdis d'importuner ma mère. Je vous rappelle que désormais j'exerce tout seul la tutelle, et je me réserve d'attaquer le testament. Bon retour. »

Nous avions regardé, au bout de l'allée des marronniers couverts de neige, la grande chaumière que nous avions refaite de fond en comble. Sans même nous concerter, nous étions remontés dans la Kangoo de Marlène. A quoi bon parler à Jérôme de la fiancée en souffrance qui arrivait le lendemain ? Ce serait le seul souvenir de Marc qu'il n'essaierait pas de nous reprendre.

*

Jean-Claude et Marlène nous attendaient pour faire le point dans un café de la porte F. Elle avait bloqué une place en option sur le Paris-Shanghai du lendemain matin. Ça laisserait à Yun-Xiang le temps d'assister à la crémation. Cela dit, si son départ de Chine excluait, pour des raisons matérielles ou affectives, un retour aussi rapide, Jean-Claude s'était renseigné auprès de la police des frontières : un visa obtenu en vue d'un mariage, si celui-ci était annulé par un certificat de décès, ne faisait pas de la fiancée immigrée une sans-papiers. Au pire, les bonnes relations de Marc avec la chanteuse devenue Première dame de France simplifieraient les formalités de régularisation.

– Il peut y avoir des journaux français à bord de l'avion, a dit Marlène. Mais pas ceux d'hier soir ni de ce matin, vu le décalage horaire. De ce côté-là, on est tranquilles.

On s'est tus, le nez dans nos cafés, fixant la photo de la fille sans charme, moitié soumise, moitié cheftaine, qui souriait d'un air de détresse confuse devant l'objectif de Marc.

– J'espère que le vol n'aura pas de retard, a grommelé Jean-Claude. Je dois prendre l'aut' salope avant dix heures à la maison.

On ne relevait même plus. Deux ans après son divorce, il continuait de dire « à la maison » en parlant du pavillon de Vincennes qui était revenu à Judith dans le partage des biens. En revanche, je lui ai suggéré une fois de plus, quand il parlait de sa fille, d'employer au moins l'abréviation.

– Si j'arrive après dix heures, Laut'sa va louper son cours d'hippologie et ça sera encore ma faute ! Elle a stage d'équitation à Maisons-Laffitte, je vous l'ai dit, et c'est à moi de la conduire !

– C'est pas le sujet du jour, lui a rappelé Marlène.

J'ai proposé :

– Une dernière répète ?

– OK. Mais n'en faites pas des tonnes, les mecs.

– Tu ne t'es pas entendue.

– Moi je vous donne la réplique, c'est tout. Version 1 ou version 2 ?

– On oublie la 2 – trop de texte.

Ça nous serrait le cœur de nous retrouver sans Marc dans l'ambiance du club théâtre de nos débuts. En style Actors Studio, Marlène a joué la Chinoise égarée cherchant du regard son Prince charmant. On s'est présentés à elle avec des têtes de bonne surprise, bonjour, vous devez être Yun-Xiang, bienvenue à Paris, et on lui a expliqué avec une cordialité bilingue pourquoi on était venus seuls : *Paris Match* avait envoyé Marc de toute urgence en Afghanistan. Un reportage sur le Noël de nos femmes soldats.

Marlène nous a stoppés de la main.

– Et si on lui faisait une version 3 ? La version light.

– C'est-à-dire ?

– On prend l'air super-gêné, on se consulte du regard, et on décide de lui avouer d'un coup la vérité.

– Tu trouves ça light ?

– C'est l'option coup de foudre : « Marc a rencontré une autre femme, il est désolé, il ne vous épouse plus. Mais il tient à vous offrir le retour en *first* et une prime de cinq mille euros pour le dérangement. Avec tous nos regrets. »

– Et l'avantage, il est où ? s'est crispé Jean-Claude.

– Elle maudit un salaud au lieu de pleurer son chéri. Je peux vous dire que pour une femme, c'est plus facile à gérer.

Perplexes, on a regardé le tableau des arrivées. Au moment de briser la vie de quelqu'un, c'est difficile de savoir de quelle manière on lui fera le moins de mal.

*

Les classes affaires à complet sombre et attaché-case sont sorties en premier, regard mobile et froid, cherchant la pancarte au nom de leur société. Puis une équipe de sportifs à blousons polaires, suivie d'une espèce de star à lunettes noires et tailleur rouge sous un manteau de zèbre en velours, aussitôt bousculée par des gardes du corps frayant le passage à un gros Chinois à mine officielle. Derrière eux sont apparus les touristes à valises. Un groupe de vieilles dames, trois jeunes couples, des familles... Concentrés, on guettait la silhouette falote correspondant à la photo que je tenais au niveau du nombril, à la manière des chauffeurs de taxi présentant le nom de leur client sur une ardoise.

– Bonjour, Bany.

Plantée devant moi avec un grand sourire, la star a ôté ses lunettes noires et son gant droit pour me tendre le bras. Complètement sidéré, j'ai glissé la photo dans ma poche avant de lui faire le baisemain. Elle a retiré ses doigts avec un rire en cascade et m'a dit sur un ton sermonneur, avec un curieux accent suisse :

– Il est déconvenu chez vous de baiser la main d'une jeune fille, non ? Bonjour, Marlène, c'est un honneur de vous connaître.

Bouche bée, Marlène s'est laissé embrasser sur les joues, puis Lucas et Jean-Claude ont eu droit à leur prénom assorti d'une poignée de main chaleureuse.

– Vous êtes bien tels que Marc vous a décrits, s'est-elle réjouie. Moi, inversement, je ne me ressemble guère, n'est-ce pas ?

On a répondu « Bienvenue à Paris », d'une voix mécanique, en évitant de se regarder. Apparemment, elle avait tout refait : les dents, les lèvres, les seins, les cheveux... On avait devant nous une créature de rêve à mi-chemin entre Jackie Kennedy et une geisha de *Playboy* relookée haute couture. Tout ce qui restait de la petite ouvrière d'art à la chaîne que j'avais rangée dans ma poche, c'était le regard noisette à peine bridé sous le maquillage de scène.

– Bienvenue dans mon cœur, a-t-elle dit avec une inclinaison du buste, main sous le sein gauche.

J'ai imité sa révérence en détournant les yeux de

son décolleté et, pour lui montrer que nous avions fait nous aussi des efforts linguistiques, j'ai prononcé la phrase d'accueil que nous avions composée à partir du dictionnaire phonétique :

– *Mei li.*

Elle a marqué un temps, sourcil haussé. Puis son sourire s'est arrondi tandis qu'une ironie gamine remplaçait la gêne dans ses yeux.

– Merci, mais vous venez de me souhaiter une heureuse diarrhée.

J'ai fusillé du regard Lucas, qui avait rectifié notre accent et qui affichait à présent un air de réserve, dans le genre droits-de-l'homme, comme s'il était le représentant officiel de la souffrance du peuple tibétain face à l'occupant chinois. Yun-Xiang est venue à son secours :

– Les circonstances vous atténuent : la syllabe *li* correspond à plus d'une trentaine de caractères aux significations variées...

Elle s'est mise à compter à l'envers sur ses doigts, en partant de l'auriculaire :

– ... parmi lesquelles l'arrivée, le fonctionnaire, le chapeau de paille, le cheval noir, la puissance ou le gravier.

– Et vous vous y retrouvez ? s'est informé Jean-

Claude, dont la voix lézardée suggérait qu'il avait flashé comme moi sur la poitrine toute neuve.

– L'idée n'est pas le mot, dit le sage taoïste : elle vit dans le mot. Elle s'exprime par le contexte, cher Jean-Claude, et par la prononciation.

Il a acquiescé avec une expression d'élève docile.

– Pour souhaiter la bienvenue, nous disons plutôt : *Fu yen ya ya.* Cela peut se traduire par : « Les canards et les oies sauvages poussent des cris de joie. »

Sur un ton appliqué, nous avons fait le canard. Les Français de la classe éco nous contournaient avec leurs chariots de valises, roulant sur nos pieds en nous disant de faire attention. J'ai senti que le regard de Yun-Xiang nous échappait, glissant vers la foule où alternaient les familles aux retrouvailles bruyantes et les amoureux qui s'étreignaient en silence. Pour nous était venu le moment de vérité, parmi les différents mensonges entre lesquels nous hésitions encore.

– Marc n'a pas pu…, ont commencé ensemble Marlène et Jean-Claude, avec le même arrêt déglutition.

La Shanghaïenne a hoché la tête avant de terminer leur phrase :

– … venir me chercher, je sais. Chez vous, il porte malheur que les fiancés se voient avant le mariage. Je me réjouis de respecter vos coutumes, car le Ciel n'est rond que si la Terre est carrée.

On a répondu d'un sourire vague. On ne voyait pas trop ce qu'elle voulait dire, mais elle avait l'air fière de son dicton et, surtout, elle venait de nous donner à son insu un sursis appréciable. Même si nous ne savions qu'en faire, j'ai senti chez les autres un soulagement similaire. C'était celui de la lâcheté qui recule devant l'épreuve, certes. Mais on en revenait une fois de plus à notre première réaction : il est toujours assez tôt pour déchirer le bonheur par une mauvaise nouvelle.

– Et lui parler, j'ai le droit ? a enchaîné Yun-Xiang en sortant de son fourre-tout en cuir matelassé un i-Phone rose bonbon.

On a fait non de la tête, avec un sourire bienveillant pour excuser nos superstitions françaises.

Elle a caressé tristement son téléphone.

– De toute manière, sa messagerie dit qu'elle est saturée ; j'ai essayé cinq fois depuis l'atterrissage. Il s'empêche de me répondre pour nous porter bonheur ?

– Oui, et il fait un reportage en Afghanistan, a renchéri machinalement Jean-Claude.

– Ah bon ? a-t-elle sursauté.

– Mais il revient demain. Et on est là.

J'ai vu dans le regard de Marlène qu'elle pensait comme moi : en trois minutes de décolleté plongeant, notre copain venait d'oublier deux ans de fidélité obsessionnelle à celle qui l'avait chassé de sa vie. C'était le seul effet positif du drame que nous tentions de gérer.

De mon côté, je résistais tant bien que mal, je l'avoue, au désir d'anticiper les fonctions de dégoûteur que Marc m'aurait fatalement confiées, au bout d'un mois ou deux, après s'être lassé de son épouse. Insensiblement, la vie reprenait ses droits. Marlène m'a caressé en douce le dos de la main ; elle avait suivi mon raisonnement. Seul Lucas, de son regard politique, condamnait la détente qu'il sentait poindre dans notre attitude envers la Chinoise. Jean-Claude lui a demandé où étaient ses valises.

– Je n'ai aucun bagage ! a-t-elle claironné fièrement. Marc l'a dit : à nouvelle vie, mains vides et nez au vent !

Elle a ponctué le proverbe en levant le nez et les

mains vers les conduits de ventilation qui décoraient le plafond. Puis elle a enchaîné, les yeux brillants de gourmandise :

– C'est donc à vous que la mission incombe de me faire découvrir Paris. Nous y allons ?

Les autres m'ont consulté du coin de l'œil, en tant que chauffeur. Je l'ai invitée à nous suivre vers l'ascenseur du parking, tandis que Jean-Claude, trottinant à sa hauteur, lui proposait de la conduire d'abord à l'hôtel pour qu'elle se repose un peu : elle devait être fatiguée par le voyage.

– Absolument pas, j'ai dormi tout le temps. Je veux voir les décorations de Noël tout de suite ! Je peux ? Quelle félicité de me trouver enfin dans le pays de mon amour !

Il faut regarder les choses en face : sa joie de vivre était le meilleur antidote possible contre la mort de Marc. Egoïstement, nous étions trois sur quatre à avoir déjà décidé de protéger son bonheur aussi longtemps que nous le pourrions. Elle a ajouté dans la foulée :

– J'ai un compte ouvert dans ces boutiques ; il m'a dit que vous seriez de bon conseil. Vous connaissez bien ?

Elle nous a tendu une carte où Marc avait inscrit

de sa longue écriture penchée : Les Nuits d'Elise, Cartier, Prada, Francesco Smalto, Ladurée. On a acquiescé d'un signe de tête, la gorge nouée. Des sous-vêtements glamour aux macarons, il lui avait composé l'itinéraire rêvé d'une immigrée à l'assaut d'un Paris de conte de fées.

– Il m'aime, n'est-ce pas ? a-t-elle souligné d'un air rayonnant en embrassant la carte de visite.

– Je vous le confirme, Senteur de Nuage, a murmuré Marlène sans dérober son regard.

– Appelez-moi *Younn*, vous voulez bien ? Comme lui. Et je possède le tutoiement, si vous m'y autorisez.

On est entrés dans l'ascenseur. Lucas, qui n'avait pas encore desserré les dents, muré dans l'observation critique de cette Chinoise occidentalisée, lui a demandé avec une courtoisie aux aguets si c'était Marc qui lui avait appris le français.

– Il m'a inscrite aux cours intensifs du consulat de la Confédération helvétique, a-t-elle prononcé avec le respect d'une militante parlant de son organisation syndicale. Il dit que pour l'objectif linguistique, ils sont plus efficaces que vos services culturels. Forfait deux cents jours, français commercial et poétique – j'ai pris les deux.

– On n'est jamais trop prudent, a marmonné Lucas en appuyant sur le bouton.

A la sortie de l'ascenseur, elle a saisi mon bras et celui de Marlène.

– Mes chers témoins, je me sens si honorée de votre acceptation.

Lucas a figé les mains sur ses roues et Jean-Claude a percuté le dossier du fauteuil. Si elle connaissait la répartition des témoins, résultat de notre tirage au sort, c'est que Marc lui avait parlé pendant sa dernière nuit sur terre. Un appel ou un mail. Lui avait-il rapporté nos réactions ? S'efforçait-elle de nous séduire pour nous faire revenir sur nos a priori ? Dans le développement logique de notre version 2, nous n'avions plus qu'à suivre le programme qu'il nous avait prévu. Comme s'il était encore de ce monde. Je ne sais pas si les autres le ressentaient de la même manière, mais je devais faire un effort, à présent, pour me ramener à la réalité de notre situation. Marc était si vivant, dans ses yeux.

– Queen Mum ! s'est-elle exclamée dans l'allée du parking souterrain.

Décidément, elle n'ignorait pas grand-chose de l'univers de son amoureux. Pour un premier contact avec le sol français, ses réactions tenaient moins de la découverte que de l'inventaire. Je lui ai ouvert la portière arrière gauche de la Phantom III 1937, sur laquelle les armoiries de la reine mère d'Angleterre étaient toujours visibles. En apprenant que l'ancienne voiture officielle de Buckingham Palace allait changer de mains, Marc m'avait envoyé à la vente aux enchères de Sotheby's, en septembre, avec crédit illimité. Cette Rolls Royce à sept places était le seul véhicule non découvrable de sa collection, la seule entorse à son obsession du ciel ouvert. Avait-il déjà en tête d'en faire la voiture de ses noces, ou bien cet achat lui avait-il donné l'idée de se marier ?

*

Son parfum de jasmin a chassé peu à peu les effluves de vieux cuir. Assise entre Marlène et Jean-Claude, les jambes tendues au-dessus du fauteuil plié de Lucas et les talons reposant sur le strapontin en marqueterie, elle s'extasie sur les terrains vagues hérissés de grues et les panneaux montrant, en images virtuelles, l'achèvement du futur terminal. Elle dit qu'on se croirait à Shanghai.

Avec une ondulation langoureuse, elle ramène les genoux et ôte son manteau pour nous faire admirer le superbe tailleur rouge aussi moulant que fendu. Puis elle sort de son fourre-tout quatre pochettes-cadeaux qu'elle nous distribue.

– Un souvenir de moi, précise-t-elle.

Mes compagnons déballent des tee-shirts identiques, représentant une jeune fille nue sur fond d'opus incertum, entourée de quatre mains gravées dans les pavés. Le symbole nous laisse sans voix.

– C'est *La Femme introuvable*, commente-t-elle avec modestie. J'adore faire Magritte. C'est juste pour mon plaisir : ça ne se vend pas, chez nous.

La neige qui recommence à tomber crée un bouchon à l'embranchement de l'autoroute. J'en profite pour ouvrir ma pochette, examiner l'huile sur coton qu'elle a réalisée en quatre exemplaires. La nudité du personnage alimente le trouble qui flotte dans l'habitacle. On remercie. Marlène évalue la qualité de la reproduction entre ses doigts. Jean-Claude s'extasie. Lucas demande si ça se lave en machine.

– Vous êtes peintre, alors, dit Marlène dans un effort de neutralité.

– Faussaire, corrige-t-elle d'une voix fière. J'ai

débuté par *Les Tournesols* de Van Gogh, à la chaîne, quand j'avais treize ans. Je faisais le fond, un autre le vase, un troisième les fleurs et le quatrième la signature. Comme j'étais douée, on m'a promue à quinze ans pour mon plus grand bonheur dans une spécialité solitaire.

– La *Joconde* ? suggère Jean-Claude.

Elle s'illumine.

– Oui ! Marc vous a dit ? Mon record, c'est trois par jour, à deux euros pièce. Le marchand les vend trois cent quarante avec le cadre – quatre mille yuans, si vous préférez ; je m'entraîne à convertir. Mais quand j'ai connu Marc, j'ai dû renoncer à mon rêve.

– Qui était ? s'intéresse Marlène.

– *Le Sacre de Napoléon*, de David. On gagne plus, car il y a beaucoup de personnages. J'avais déposé ma demande au chef d'atelier, et j'avais bon espoir.

– Faut savoir faire des sacrifices, dans la vie, grince Lucas en fixant le tailleur Chanel qui a dû coûter cinq ans de *Jocondes*.

– Il est de moi, précise-t-elle en se cambrant pour souligner la coupe. Fait maison. J'ai copié la création de Karl Lagerfeld pour l'inauguration de sa boutique à Shanghai.

Comme preuve à l'appui, elle sort de son sac une page de magazine qu'elle tend à Lucas, tout en lui précisant d'un air courtois qu'elle n'est pas responsable de la politique de la Chine face aux rébellions de sa province tibétaine. Lucas accuse le coup, à la fois déstabilisé et ému que Marc lui ait parlé de son engagement en faveur du dalaï-lama. Il prend acte en crispant les mâchoires, et me passe l'article en chinois. Sur la photo d'accroche, le troisième top model à gauche de Lagerfeld a le même tailleur rouge, le même maquillage et la même coiffure que Yun-Xiang.

– Me suis-je bien clonée ? demande-t-elle. Marc m'a dit que c'est le comble du chic, à Paris.

Elle a prononcé la dernière phrase avec une pointe d'inquiétude en regardant Marlène, qui porte un jean à trous et une veste en cuir râpé d'origine. Marlène lui répond que le comble du chic, c'est d'être soi-même. Une lueur d'incompréhension traverse le regard de la Chinoise.

– Si je puis me permettre, reprend Lucas sur un ton Quai-d'Orsay, le terme de « province » pour parler du Tibet ne me paraît pas vraiment approprié.

– C'est comme vous dites en parlant de la Corse, répond-elle tranquillement.

Je retire la main du levier de vitesse et pince le bras de Lucas, pour le dissuader de répliquer. Elle poursuit :

– Je ne me permets pas de critiquer la politique de la France, et je respecte votre liberté de la presse. Marc m'a fait lire tes articles. Tu avais beaucoup de talent.

L'imparfait le pique au vif. Elle se penche vers l'avant, met un genou sur la moquette en laine beige et l'embrasse sur l'oreille en signe de cessez-le-feu. Réaction blessée de journaliste au chômage ou volonté de rester impartial, il rentre la tête dans les épaules. Elle me dépose un bisou similaire, avant de me glisser :

– J'aimerais qu'on commence par Francesco Smalto. C'est chez lui que Marc vous habille vous aussi, non ?

Le ralenti presque inaudible accentue notre silence. Les bons d'achat pour le mariage. Son dernier cadeau de Noël.

– J'adore cette voiture ! s'exclame-t-elle avec une jubilation de gamine, en se renfonçant dans la banquette. Après ce que les Anglais nous ont fait, me dire que je suis assise à la place de leur reine mère, c'est tous les Chinois que je venge de la colonisation !

– Et quand tu fais l'amour avec un Français, déduit Lucas, tu les venges de Napoléon III.

Je la vois tressaillir dans le rétro.

– Marc vous a dit qu'on a fait l'amour ?

On répond par une moue incertaine. Marlène précise, pour dissiper la gêne, qu'il n'a pas dit le contraire, mais qu'il n'a pas non plus donné de détails. Yun paraît se détendre aussitôt. Elle sourit en direction de Lucas :

– Yi Li a écrit : « On ne marche pas sur l'ombre de quelqu'un, fût-il un inférieur. »

Et sans transition elle enchaîne, en serrant les poignets de Marlène et Jean-Claude :

– Je suis la plus heureuse des femmes, et vous m'honorez tellement. Je ne sais comment vous remercier.

On se consulte du regard, à l'arrêt dans l'embouteillage. Combien de temps allons-nous prolonger l'illusion ? Il faut être raisonnable : à trop vouloir la ménager, à trop vouloir différer le choc, nous ne ferons que l'aggraver. C'était une mauvaise idée de venir la chercher en Rolls – mais c'était la dernière demande de Marc, lundi soir. Il m'avait glissé à l'oreille, en sortant de la chaumière : « Révise-moi Queen Mum, je veux qu'elle tourne comme une horloge pour aller à l'aéroport. » On aurait dû prendre la Kangoo de Marlène. Plus on accrédite les rêves de la petite Chinoise, moins on la prépare au drame. D'un autre côté, autant la laisser faire ses courses, si Marc a tout payé d'avance. Qu'au moins elle ne reparte pas les mains vides.

– Je reviens tout de suite, dit Jean-Claude en ouvrant sa portière.

On le regarde faire les cent pas sur l'autoroute entre les voitures bloquées, téléphone à l'oreille. Apparemment, il appelle Judith pour lui dire qu'il n'aura pas le temps de venir prendre leur fille à Vincennes, parce que Marc est mort et qu'on emmène sa fiancée faire du shopping. Sa main gauche gesticule sous la neige : il argumente, il s'énerve, il s'impose. C'est un plaisir de le voir reprendre le pouvoir sur la psychorigide qui l'a transformé en serpillière.

Yun-Xiang ne le quitte pas des yeux. Elle nous demande où il en est avec Judith. Notre silence évasif confirme tout ce que Marc a dû lui dire. Elle se penche pour baisser la vitre, lance à Jean-Claude :

– Si elle va travailler ce matin, elle peut emmener Laut'sa avec elle chez Cartier ; nous la prendrons là-bas. J'ai hâte de faire sa connaissance.

Dans le rétroviseur, j'échange un regard avec Marlène. La manière dont Marc a briefé son ex-future femme sur son cercle amical est assez renversante. Elle nous connaît par cœur. Seule notre aptitude à la mener en bateau aurait peut-être de quoi la surprendre.

Inquiet, je regarde la planche de bord en loupe de noyer, où l'aiguille de la jauge à essence se déplace plus vite que celle des minutes sur la pendule voisine. Il y a une station-service à deux mille mètres ; j'espère qu'on y arrivera, sans quoi Yun-Xiang vengera son peuple en poussant trois tonnes d'Empire britannique en panne sèche.

La file de gauche se remet soudain à rouler. Je klaxonne Jean-Claude qui abrège Judith, raccroche et court nous rejoindre. Il se rassied, brosse la neige sur les épaules de son loden.

– Tout s'arrange, sourit-il à l'intention de Yun-Xiang.

Et il a l'air parfaitement sincère.

Rien ne s'est passé comme prévu. Chez Francesco Smalto, elle a découvert sa robe de mariée, confectionnée sur mesure à distance – un fourreau en soie écarlate. La gorge serrée, on la regardait avancer vers la glace murale au bras d'un Marc virtuel, tout en nous expliquant que le rouge est la couleur du bonheur en Chine. Elle a fait déplacer trois épingles et rajuster la taille, puis elle nous a suggéré d'enfiler nos tee-shirts Magritte pour choisir les costumes qui iraient avec. Elle semblait confondre témoins et demoiselles d'honneur, mais comment rechigner sur des détails quand nous lui taisions l'essentiel ? Radieuse, elle jouait à la poupée, et nous nous laissions faire.

En moins d'une demi-heure, elle avait tranché : trois complets cintrés pour les hommes et un tailleur-pantalon pour Marlène, le tout dans une dominante vert-de-gris qui, a marmonné Lucas, était la couleur de la connerie en Ile-de-France.

Le maître tailleur était bien de son avis. Atterré par la comédie cruelle qu'on se croyait tenus de jouer à la jeune Chinoise, il portait avec un accablement réprobateur le deuil du client qu'il habillait depuis quinze ans. Nous avions eu toutes les peines du monde à lui faire ravaler ses condoléances – d'autant plus que Yun lui avait demandé, avec une bourrade joyeuse, pourquoi il avait l'air si triste d'exercer un aussi beau métier.

– Allez, montrez-moi les autres surprises que m'a choisies Marc !

Ne sachant comment exprimer son trop-plein d'émotion, il lui a répondu d'une voix corsetée que M. Hessler aurait dû rencontrer plus tôt une personne comme elle. Et il est parti en direction du rayon accessoires, où on l'a vu s'indigner à l'oreille de son retoucheur.

– Ça sent le gaz, a chuchoté Lucas, qui avait garé son fauteuil entre deux présentoirs de cravates. Ici encore, on les connaît, mais si elle cite le nom de Marc en essayant sa lingerie aux Nuits d'Elise, on ne pourra pas gérer la vendeuse. Je suis d'avis qu'on arrête les frais.

– Tu es fou ? s'est exclamé Jean-Claude. On est allés trop loin, il faut qu'on tienne jusqu'au bout.

– Jusqu'au bout de quoi ? On lui termine sa garde-robe, on la bourre de macarons, tu la couches dans ta suite nuptiale, et demain on la ramène à l'aéroport avec une pincée des cendres de Marc dans une boule en verre « Souvenir de Paris » ? J'aurais jamais dû vous écouter !

Je me suis permis d'intervenir :

– C'est toi qui crois à l'au-delà, c'est toi qui nous as raconté hier soir que Marc nous demande de veiller sur elle...

– Veiller, ça ne veut pas dire endormir ! Je veux qu'on arrête ! Ici, maintenant !

– Et comment on fait ? susurre Jean-Claude. On ouvre le rideau de la cabine, on lui dit : « Finalement, voilà, c'est pas la peine de retoucher ta robe de mariée. » C'est ça ? Tu es lourd, Lucas ! C'est pas parce qu'elle a comparé le Tibet à la Corse que tu as le droit de la flinguer les yeux fermés !

Je leur ai fait signe d'interrompre les messes basses. Le tailleur et le retoucheur nous regardaient en biais, lèvres pincées, tout en déhoussant une série de pantalons, jupes et blazers. J'ai proposé qu'on vote pour l'option vérité ou la poursuite du mensonge thérapeutique.

– Attendons Marlène, a repris Jean-Claude, le souffle court.

Il fixait le bas du rideau gris où la robe de mariée venait de tomber entre les deux femmes. J'ai acquiescé, et je me suis dirigé vers la cabine d'essayage. La porte de la boutique s'est ouverte à ce moment-là, provoquant un léger courant d'air qui a fait bouger le rideau. Par le jeu des reflets croisés dans les glaces, j'ai aperçu les sous-vêtements de Yun. C'était du Petit-Bateau basique, dont la discrétion jurait avec son corps aérodynamique. Jean-Claude avait raison : autant lui laisser une journée de shopping avant de lui briser le cœur. La solitude ne serait pas moins lourde en string et balconnet, mais ce serait toujours ça de pris pour sa vie future.

– Comment tu les trouves ? a-t-elle demandé en tirant sur son soutien-gorge.

– Parfaits, a dit Marlène. Plus naturels que prévu.

– J'ai choisi les poches de sérum physiologique, plutôt que la silicone.

– Tu as bien fait. Développement durable.

C'est alors que Yun a murmuré les phrases que

je n'aurais jamais dû entendre. Les phrases qui allaient jeter nos bonnes résolutions cul par-dessus tête.

– Je peux te parler franchement, Marlène ?

– Bien sûr.

– Marc n'a pas aimé faire l'amour avec moi, je l'ai bien senti. Fatalement, il est habitué à mieux... Tu crois que vous pouvez m'aider ?

Je me suis figé. La cliente volubile qui venait d'entrer, genre italo-brésilien, mobilisait le personnel et je retenais ma respiration, tapi derrière le montant de la cabine, violant attentivement l'intimité des filles.

– J'ai si peur de continuer à le décevoir, avec tout ce qu'il a fait pour moi... J'ai appris sa langue, j'ai changé mon corps et mes manières, mais pour ce que vous appelez le sexe, je suis vraiment bloquée. Il faut me dire ce qu'il aime. Tu veux bien qu'on en parle, ou je demande aux garçons ?

J'ai attendu la réponse, la bouche sèche. Devant l'hésitation de Marlène, elle a précisé :

– Il m'a parlé de cette coutume ancestrale que vous avez en France, le... « droit de cuissage ». C'est correct ?

– Oui... Enfin,... le terme, en tout cas.

La voix de Marlène était rauque, un peu nouée. Je la sentais tiraillée comme moi entre la surprise, l'émotion, l'hilarité et le fantasme.

– Il m'a dit que les témoins ne sont plus obligés de cuisser la fiancée, de nos jours. C'est vrai ?

– Oui... Il y a des traditions qui se perdent.

– C'est important pour moi d'être une bonne épouse. Si Marc ne revient pas avant demain, vous seriez d'accord pour m'apprendre l'amour ?

Le cœur en vrille, je tendais l'oreille au silence de Marlène.

– Voici un ensemble assez intéressant pour l'après-midi, a dit le tailleur en me contournant pour présenter le modèle en cabine. Sport tendance club-house.

J'ai battu en retraite, cramoisi. Quand Lucas m'a demandé quel était le point de vue de Marlène, je suis resté vague. Mais j'avais une idée de la réponse.

– Ça va, Bany ? s'est inquiété Jean-Claude. Tu as l'air bizarre.

J'ai dit que l'heure tournait, et qu'il était attendu chez Cartier. Il s'est souvenu qu'il avait une fille, et que son ex détestait qu'elle traîne sur son lieu de travail. Il a appelé la boutique de la place Vendôme où elles venaient d'arriver, pour prévenir Judith qu'il avait un impondérable ; il passerait quand il pourrait.

A peine avait-il terminé sa phrase que Yun a jailli de la cabine, rhabillée, en déclarant au tailleur qu'elle n'avait plus le temps : elle essaierait le reste chez elle. D'un air détaché de Parisienne au long cours, elle a conclu :

– Vous faites livrer avenue Junot.

Et elle m'a regardé d'une telle manière que je me suis senti, à tort ou à raison, englobé dans ce qu'elle appelait « le reste ».

II

Marlène Farina

Je ne porte pas de Chanel, mais je sais reconnaître une imitation, et ce n'était pas le cas. Ce premier mensonge de Yun sur son tailleur « fait maison » a aiguisé ma vigilance. Très vite, j'ai deviné que c'était une tueuse. En tout cas, une surdouée de l'ascension sociale. Mais bon, rien n'est plus fatigant qu'une arriviste qui n'arrive pas. Elle, avec son énergie, sa capacité de travail, sa séduction et son talent de faussaire, j'ai tout de suite senti qu'on allait bien s'entendre.

Aujourd'hui, avec le recul, je comprends comment je me suis fait avoir, malgré mon acuité. Je ne regrette rien. Je m'étais si souvent épuisée pour des génies traîne-savates qui n'étaient pas à la hauteur de leur peinture, des artistes incompris et fiers de l'être... Par son potentiel et sa force vitale, Yun m'avait réactivée en quelques heures. J'ai tant besoin d'admirer.

Elle avait truffé Marc, ce qui en soi était déjà un exploit, mais, au-delà de la réalité que nous lui cachions depuis son arrivée, les émotions qu'elle avait provoquées chez lui se répercutaient en nous. On se sentait comme obligés de faire des folies pour cette fille. C'était naturel. Spontanément, on accordait nos sentiments aux siens, et on se retrouvait à penser comme elle. Pris au charme, on se laissait posséder. Le seul qui lui avait résisté au départ, Lucas, en paierait vite le prix. Elle me faisait penser à ces araignées qui, injectant à leurs proies des sucs gastriques anesthésiants, les digèrent avant même de les consommer.

C'était flagrant avec Banyuls. Elle avait vu comme moi qu'il nous écoutait, derrière le rideau de la cabine. La question était de savoir si son fiancé lui avait réellement raconté cette histoire de « droit de cuissage », ou si elle l'inventait pour semer le trouble entre nous. En admettant qu'elle ait dit la vérité, Marc nous avait-il offert la jolie Chinoise pour que notre intimité se reforme autour de son couple, ou baisait-elle vraiment comme une pantoufle qu'il nous demandait de « faire à son pied » ? J'avais du mal à définir sa psychologie. Etait-elle au courant et au service des intentions de Marc, ou jouait-elle cavalier seul ? Cette dernière hypothèse débouchait elle-même sur deux explications possibles : soit il lui fallait notre aide pour plaire davantage à son homme, soit elle voulait nous diviser afin de mieux régner sur lui. Autrement dit : avait-elle envie, besoin ou peur de nous ?

Je n'arrivais pas à démêler chez elle ce qui relevait du calcul ou de la perversion naturelle. Plus elle agissait en guerrière, plus je la trouvais désarmante. En tout cas, jamais une femme ne m'avait autant attirée. Adieu mes résolutions zen : en vingt minutes d'essayage, le désir s'était mis de la partie. Née d'un sentiment de pitié, notre volonté de différer le choc de son drame était devenue beaucoup plus sincère, maintenant qu'elle s'était transformée en pulsion égoïste. Je prévoyais que la compétition serait chaude avec les garçons – ou alors ce serait comme du vivant de Marc. De la façon dont nous avions partagé son amitié, nous partagerions les faveurs de la femme qu'il nous avait choisie. Est-ce ainsi que les choses auraient évolué, sans son accident de voiture ? C'était bien son genre, après tout, de concevoir le mariage comme une course de relais avec passage de témoins.

Cela étant, je le connaissais assez pour supposer

que son objectif dépassait le cadre du fantasme. Lucas, Jean-Claude et Bany, avec cette pudeur masculine qui se confond si souvent avec l'aveuglement, ne mesuraient pas combien Marc nous aimait. La chance qu'il avait eue à ses débuts, il la jugeait aussi honteuse qu'imméritée, et, par un besoin de rééquilibrage, il n'avait cessé de nous pousser à cultiver nos talents respectifs – talents auxquels il croyait bien plus que nous. Pour lui, j'étais une artiste rentrée, Lucas un romancier qui s'ignore, Bany un inventeur capable de changer la face du monde et Jean-Claude un manager hors pair. Au lieu de quoi je me contentais de ponctionner les peintres que j'exposais, Lucas se fuyait dans la défense des causes perdues, Bany n'osait pas franchir les limites du bricolage et Jean-Claude, le supposé meneur d'hommes, mettait toute son énergie à ramper devant la femme qui ne voulait plus de lui.

Le problème de Marc, c'était la photo qui avait bouleversé son destin, à dix-neuf ans. La photo qu'il avait prise de Pauline Lafont, venue assister à la pièce de Beckett que nous jouions dans un festival des Cévennes – photo qui l'avait rendu célèbre et riche trois jours plus tard, quand la jeune comédienne avait disparu au cours d'une randonnée.

Cette *dernière photo*, si touchante, si chargée d'angoisse, si « prémonitoire », achetée par tous les magazines, avait décidé de la carrière et du style de Marc, sans qu'il se reconnaisse d'autre mérite que celui d'avoir bénéficié malgré lui de la mort d'une jeune femme. De là à penser qu'il nous avait volé cette « chance »... Nous n'avions jamais réussi à l'en dissuader. La reconnaissance publique et l'accomplissement personnel qu'il souhaitait pour chacun de nous, c'était une rédemption que nous lui avions refusée.

A mesure que j'étudiais le comportement de Yun-Xiang, je me disais que Marc avait sélectionné – et peut-être même formé – sa fiancée pour qu'elle joue, à travers points communs et divergences, le rôle de révélateur auquel il avait renoncé. Je commençais à la considérer, bien au-delà du prétendu droit de cuissage, comme un cadeau de mariage qui nous était destiné. Conscient de la force d'empathie qu'elle avait développée dans son métier de faussaire, il lui avait confié la tâche de nous séduire en nous renvoyant notre véritable image, de nous stimuler pour nous aider à nous retrouver. En vingt ans d'amitié vécus dans son ombre, chacun de nous était tellement passé à côté de soi-même... Pensait-il.

A présent, le cadeau était devenu un legs. Tout ce qui nous restait de Marc, à part des avantages matériels à confirmer, c'était cette beauté de synthèse, cette victime du destin, cette fiancée désaffectée qui sentait le nuage. Comment la laisser repartir ? Comment ne pas lui donner une chance de remplir la mission à laquelle il l'avait préparée ?

*

J'observais Bany. Je regardais comment Yun manœuvrait avec lui. Elle avait tout de suite compris le mode d'emploi du personnage. Les zones d'ombre, les lignes de force et les points de faiblesse. En descendant l'escalier du parking Pierre-Charron, elle lui a parlé littérature. Elle lui a demandé, entre le deuxième et le troisième sous-sol, s'il préférait Cocteau ou Montherlant.

Bany en a raté une marche. Naïf comme sont les hommes, il a crié à la coïncidence : c'étaient justement ses auteurs de chevet, comment l'avait-elle deviné ? La ficelle était vraiment grosse, mais Yun a opéré un rétablissement impeccable en répondant que Marc lui avait conseillé de lire leurs œuvres, en complément de ses cours de français.

Pour la première fois, j'ai vu des larmes envahir les yeux de Bany. C'était chez Montherlant et Cocteau qu'il avait puisé, dans sa période d'errance entre quinze et dix-sept ans, la rigueur fantasque et jusqu'au-boutiste qui l'avait mené au seuil des grandes écoles. Marc n'ouvrait jamais un livre, se moquait en public de la culture inutile de son homme à tout faire, cet inventeur-né qui passait son temps à bouquiner au lieu de déposer des brevets, mais il l'avait *écouté*. Pour parfaire la langue et le style de la femme qu'il aimait, il avait eu recours aux auteurs culte d'Hermann Banyuls. Rien ne pouvait lui faire plus plaisir, sinon qu'on s'intéresse à ses moteurs. C'était l'étape suivante.

– Je peux voir ce qu'il y a sous la jupe ?

Yun s'était plantée devant la vieille Rolls Royce. Là aussi, elle avait travaillé le sujet : le haut capot de la Phantom III s'ouvrait en deux parties, de chaque côté des ailes, comme on retrousse des dentelles de tôle. Bany s'est empressé de mettre à nu son bloc moteur.

– C'est quand même beau, un V 12, a-t-elle soupiré devant l'usine à gaz démesurée. Combien de chevaux ? a-t-elle enchaîné en attrapant le poignet de Bany.

– Avant le rachat par le groupe Volkswagen, a-t-il répondu en rougissant, la marque ne divulguait jamais la puissance de ses moteurs. Elle se contentait d'indiquer : suffisante.

– Plus de 160 chevaux, non ?

– Je pense aussi.

Elle a promené ses doigts sur le bloc d'aluminium laqué de noir, entre les câbles et les tubes, caressant les flexibles avec sensualité.

– Distribution culbutée et poussoirs hydrauliques ?

Bany a confirmé. Sur son visage, l'étonnement le disputait à la fierté. J'avais hâte d'emmener Yun à la galerie, pour voir si elle me draguerait avec la même intensité ludique en m'expliquant la technique de mes peintres.

– Et double allumage, a-t-elle ajouté en le regardant dans les yeux.

– Il est presque onze heures, a glissé Jean-Claude. Je vais me faire occire.

Il y avait une certaine gourmandise dans sa voix. En tout cas un début de revanche, de reprise en main, que Yun encouragea d'un sourire de connivence, tout en lui demandant de préciser le sens du verbe « occire ».

– Tuer, au propre comme au figuré. Comment ça se dit, en chinois ?

– *Sha. Jian sha feng zheng ren :* la flèche a visé le cerf-volant et tué l'homme. Ce sont les mots du sage Mozi quand il décrit une bataille, dans un manuscrit du IVe siècle avant votre Jésus-Christ. C'est la preuve qu'à cette époque, pour dominer l'ennemi, les Chinois ont inventé le deltaplane.

– Moi, je trouve ça extraordinaire ! s'est félicité Jean-Claude.

– Merci, a souri Yun.

– Ça te ferait plaisir de prendre le volant ? lui a proposé Bany.

Je n'en croyais pas mes oreilles. Il n'avait jamais laissé l'un d'entre nous conduire les voitures de Marc, s'estimant seul habilité et responsable. Et ce n'était pas la mort du propriétaire qui avait causé cette volte-face. J'ai senti mon ventre se serrer. S'il était tombé à ce point sous le charme de la Chinoise, il consentirait sans doute à lui montrer son invention la plus prometteuse : le Biorotor. Le premier moteur recyclant les déchets, qu'il avait monté sur une Triumph Spitfire qui roulait désormais aux légumes pourris, son carburateur alimenté par le jus de fermentation. Ça se conduisait avec une pince à linge sur le nez, mais c'était le summum de l'énergie renouvelable. Peut-être Yun-Xiang saurait-elle le convaincre de déposer le brevet, et d'affronter les fourches caudines de l'administration pour le faire homologuer… Alors l'un des vœux les plus chers de Marc se réaliserait à titre posthume.

Avec un naturel confondant, la petite Shanghaïenne s'est glissée sous le gigantesque volant de bakélite noire. Elle a vérifié des réglages sur les tirettes chromées autour du moyeu du klaxon, et elle a mis en route le moteur dans un feulement sourd.

Un instant, elle a fermé les yeux pour écouter le silence à bord, à peine troublé par le tic-tac de la pendule et la vibration du stylo dans la fine applique en cristal destinée normalement à accueillir une rose. Puis sa main droite s'est posée sur le tout petit levier de vitesse, caché dans une découpe du siège côté portière. Elle s'est placée dans l'axe de la statuette ailée surmontant le radiateur, comme on vise en épaulant un fusil, et elle a enclenché la première. Le grand vaisseau fantôme s'est ébranlé, slalomant entre les piliers, grimpant la rampe de sortie dans le soupir des suspensions.

– Je peux ramollir un peu les amortisseurs, Bany ?

– Bien sûr.

Elle a tourné l'une des manettes du volant, et nos fesses ont cessé de rebondir au franchissement des dos-d'âne. C'était impressionnant de voir la colossale limousine lui obéir au doigt et à l'œil. Comment une Chinoise de dix-neuf ans élevée dans une ferme pouvait-elle connaître aussi bien les secrets d'une anglaise de 1937 ? Même si Marc lui avait récité sur l'oreiller le manuel d'entretien, on ne passe pas aussi facilement des tracteurs aux Rolls Royce. Dix ans de carrière d'une call-girl de haut vol auraient pu dispenser cette formation, donner cette aisance en toutes circonstances. Mais tenir ce rang si jeune quand on n'est jamais sorti d'un pays communiste, ça relevait du miracle. Ou du stakhanovisme.

– Alors, ce V 12 ? s'est enquis Bany quand la limousine a refait surface rue Pierre-Charron.

– Très rond, avec beaucoup d'allonge. Et j'adore le court débattement de la boîte.

Bany buvait du petit-lait et leur conversation n'était plus qu'une fiche technique. Je regardais Jean-Claude et Lucas, dont le silence exprimait une certaine impatience. Et encore, je ne leur avais pas transmis la demande de Yun dans la cabine d'essayage. Bany lui aussi s'en était abstenu, selon toute vraisemblance. Il avançait son pion, en laissant soigneusement ses partenaires hors jeu.

– Cartier, place Vendôme ! a-t-elle lancé avec une joie cérémonieuse en s'engageant sur les Champs-Elysées. Voyons comment je possède le plan de Paris.

La foule des courses de Noël envahissait la chaussée, bloquant la circulation. Tout le monde se retournait sur cette chauffeuse juvénile aux commandes du vieux monument roulant. Sa manche de tailleur rouge faseyant sur la portière couleur d'encre, elle avait baissé sa glace pour expliquer aux passants que c'était le plus beau jour de sa vie et que, malgré les apparences, son salaire était plafonné à cent euros par mois. Ils la prenaient pour la gagnante d'un jeu télévisé ; ils la félicitaient en oubliant de lui en vouloir. Par contumace, Marc nous avait mis en scène un numéro de magie, et la triste réalité des coulisses avait de plus en plus de mal à s'imposer. Le bonheur de la future mariée déteignait sur nous. Comment faire pour que ce bonheur survive à l'annulation des noces ? C'était une mission impossible, un défi à relever qui arrivait presque à supplanter le chagrin. Au fil des heures passées avec Yun, Marc devenait de moins en moins mort.

Et puis, à un feu rouge, de sa voix douce à l'accent légèrement helvétique, elle a posé à Bany la question qui fâche :

– Ton Biorotor, tu pourrais le monter sur cette Rolls ?

On a tous crispé nos fesses sur le cuir fauve. Contre toute attente, Bany n'a pas mal réagi à la mention de son invention en souffrance. Il s'est contenté de répondre sur un ton de catalogue qu'une telle automobile doit être maintenue strictement en état d'origine.

– Je comprends, mais c'est l'avenir qui compte, non ?

On aurait cru entendre Marc. Le feu est passé au vert. Le cycliste devant nous ayant mis pied à terre pour répondre au téléphone, Yun l'a klaxonné façon camionneur, avant d'enchaîner d'une voix de séductrice :

– Personnellement, ce serait un grand honneur pour la Chine qu'une ancienne voiture officielle de la Couronne britannique soit propulsée par des ordures en fermentation.

– Mon carbu est impossible à régler, a tranché Hermann Banyuls pour clore le sujet.

Et il a allumé le vieux poste à lampe caché dans un tiroir en marqueterie. Les parasites ont joué du Gershwin. Yun n'a pas insisté. Si Marc lui avait parlé des inventions de son assistant, il lui avait fatalement expliqué pourquoi elles ne sortiraient jamais du placard. Trouvé le jour de la Saint-Hermann dans un vignoble de Banyuls, il resterait toute sa vie un ancien bébé abandonné refusant d'affronter le jugement extérieur. Maintenir des voitures anciennes en état d'origine lui était nécessaire, sinon suffisant, mais les innovations qu'il créait ne regardaient que lui. Etait-ce la peur de voir débarquer, si un jour il devenait célèbre, une maman repentie qui lui demanderait pardon et réparation pour le sacrifice qu'elle s'était imposé en le confiant à la providence ? Une nuit où nous couchions ensemble, en deuxième année de prépa, il s'était réveillé au milieu d'un cauchemar qu'il m'avait longuement raconté, en imitant la voix de sa supposée mère biologique :

« Tu comprends, mon chéri, l'immense douleur de ta maman qui n'a pensé qu'à ton avenir ? La preuve, je ne t'ai pas déposé n'importe où ! Je t'ai choisi la meilleure parcelle de grenache : le cap-béar ! »

Et il s'était rendormi. Je pensais qu'il avait oublié cette confidence sans lendemain mais, en début d'année, il m'avait invitée à dîner aux chandelles pour fêter ce qu'il appelait une super-nouvelle : le cap-béar venait d'être noté 93 sur 100 par le guide Parker. Une Légion d'honneur ne l'aurait pas rendu plus heureux. Comme si son dépôt dans ce vignoble se retrouvait justifié, sanctifié. Comme si le jugement du critique le plus influent du monde réhabilitait sa génitrice en validant son choix. Il m'avait fait boire son appellation d'origine, dans le millésime de sa naissance. Un rouge douceâtre, oscillant entre la prune, le chocolat et le cigare. Je l'avais félicité, et maudit pour le mal au crâne avec lequel je m'étais sentie obligée ensuite de recoucher avec lui, en mémoire du cauchemar qu'on avait partagé vingt ans plus tôt.

– Tu peux rester en troisième, a-t-il conseillé à Yun quand la file s'est remise à rouler. Il y a suffisamment de couple.

Je le regardais, assis à l'avant, tourné vers elle pour contrôler sa conduite, et j'étais heureuse de ses réactions. J'adorais la manière dont il buvait des yeux la petite Chinoise, qui manœuvrait avec autant de douceur que lui son char d'assaut. Hermann Banyuls m'avait toujours fait fondre, mais on était trop potes pour laisser s'installer entre nous autre chose que du sexe intermittent. Je me donnais à lui lorsque j'allais trop mal. C'était un amant d'exception, si l'on se contentait de l'essentiel. Pas vraiment glamour mais très technique, il conduisait les femmes au plaisir avec une méticulosité et une conscience professionnelle hors pair. J'avais un peu l'impression d'être passée au banc d'essai, mais bon, ce type de révision générale m'était indispensable tous les trois ou quatre ans.

Dans le drame où nous allions plonger Yun-Xiang, Bany serait sans doute sa meilleure planche de salut. L'idéal, comme elle l'avait suggéré elle-même à mots couverts, serait qu'il lui fasse l'amour le plus tôt possible. Avant qu'on lui révèle son statut de veuve illégitime. Le plaisir qu'elle apprendrait avec lui, sans commune mesure avec ce qu'avait pu lui donner ce jouisseur de Marc, serait probablement le seul moyen pour elle de reprendre le pouvoir sur son deuil. Préparer son corps à aimer l'amour éviterait qu'elle ferme boutique à dix-neuf ans.

J'essayais de me mettre à la place de Marc. Je ne savais comment interpréter sa stratégie envers nous. En tout cas, je n'arrivais pas à la réduire au fantasme ni à l'altruisme. Lui qui ne croyait en rien, avait-il eu la prémonition de son destin ? Ou bien, simplement, avait-il envisagé l'éventualité et pris ses précautions, comme on souscrit une assurance-vie ? Le droit de cuissage auquel, sous couvert d'une « coutume ancestrale », il avait voulu soumettre sa fiancée pour nous en faire profiter, m'apparaissait à présent comme un devoir à remplir. Et le désir que je venais de raviver malgré moi pour Bany, mêlé au trouble que m'inspirait Yun, rendait ce devoir assez peu fastidieux.

Incrédule mais à peine gênée par l'élan de jubilation qui montait de mon ventre, j'en venais à remercier Marc de la situation dans laquelle son décès nous plongeait. Je regardais sa fiancée si à l'aise aux commandes de la Rolls, et je l'imaginais tondant la pelouse sur le tracteur de Chevreuse, affrontant les vagues à la barre du vieux pointu dans la rade de Villefranche, maçonnant avec nous au milieu des gravats de l'avenue Junot... Les facultés d'adaptation de Yun, son don inné pour faire corps avec l'univers de Marc, son mimétisme et son charme étaient tels qu'en moins de trois heures, il m'apparaissait totalement exclu, voire contre nature, de la renvoyer dans une vie de prolétaire à Shanghai. Et je sentais que les garçons étaient bien de mon avis.

C'est là que m'est venue une supposition démente, mais qui éclairait d'un jour nouveau son attitude envers nous. Elle *savait.* Elle savait que Marc était mort. Elle avait vu la devanture d'un kiosque, ou alors un vendeur de Smalto lui avait présenté ses condoléances à notre insu. Et, avec un sang-froid terriblement oriental, elle *jouait notre jeu.* Nous lui cachions le drame ; elle faisait comme si elle l'ignorait, et cela pouvait durer longtemps. Le temps pour elle de nous apprivoiser, de s'installer dans l'absence de Marc, de nous convaincre qu'il fallait respecter sa dernière volonté terrestre en lui permettant d'occuper, malgré la situation, la place qu'il lui avait promise. L'engagement pris par Marc, c'était à nous de le tenir.

Il y avait tout de même un léger problème. Si mon hypothèse était juste, j'admirais sa logique, son courage et son talent de comédienne, mais elle se trompait de cible. Sur le plan matériel, ce n'est pas nous qu'il fallait séduire. Nous n'avions plus aucun pouvoir désormais dans le monde de Marc : c'est son frère qui allait gérer la succession. Et je voyais mal ce pète-froid de Jérôme s'encombrer d'une ex-future belle-sœur. Si elle choisissait de rester parmi nous, ce serait à ses frais.

Quoi qu'il en soit, je continuerais de guetter en silence les réactions de la Shanghaïenne, d'analyser, d'interpréter ; j'attendrais d'être vraiment sûre de moi pour confier mes soupçons aux garçons. Dans l'intervalle, autant persister à lui cacher la situation qu'elle feignait d'ignorer. Quand j'étais petite fille, au pensionnat, le jeu s'appelait « Je te tiens, tu me tiens par la barbichette ». S'il y a une chose que, d'instinct, je reconnaissais chez Yun, c'était cette force d'enfance qui nous permettait de braver, par des moyens d'adulte, les événements de nature à nous détruire.

Ses yeux me fixaient dans le rétro. Elle m'a souri en abaissant les paupières, comme si elle avait suivi mon raisonnement, mes doutes, mes tentations, et approuvait mon choix. Un grand élan vers elle m'a laissée toute percluse de détresse. Puis j'ai senti remonter en moi ce fond de rage optimiste qui, jusqu'à présent, m'avait aidée à sortir des pires situations de ma vie.

La neige s'est remise à tomber mollement. Il n'est pas midi et on se croirait le soir. Yun descend les Champs-Elysées en entretenant par une molette chromée le ralenti de la Rolls. Lucas et Jean-Claude, qui se sentent un peu oubliés contre moi à l'arrière, soulignent la beauté des illuminations. Elle contemple avec un regard critique les filaments bleus accrochés aux arbres.

– On dirait des filets de pêche.

Elle ajoute qu'on est assez pathétiques, en France, avec nos ampoules basse consommation pleines de mercure et de radiations électromagnétiques. Lucas ne peut s'empêcher de répondre que la Chine n'est peut-être pas la référence absolue en matière d'écologie.

– Nous serons leader mondial de la production d'électricité par éoliennes en 2030, répond Yun avec une détermination sereine. Ce n'est pas pour rien que notre pays est appelé l'Empire du vent. Vous nous achèterez tout, un jour, même le vent. Et le reste, nous le produirons chez vous. Mais c'est votre faute. Si vous aimiez la France comme nous aimons la Chine, vous seriez toujours la première nation du monde, comme en 1789.

Son discours nous laisse sans voix. Seul Lucas ouvre la bouche, mais il la referme en sentant la pression de mes doigts sur sa cuisse. Si elle pousse trop loin le bouchon politique, il va finir par lui balancer qu'on incinère son fiancé dans cinq heures : plus rien ne la retient en France, bon vent.

– Vous savez ce qui me fait vraiment envie ? enchaîne-t-elle sur un ton complice, comme si son attaque contre la France n'était qu'un propos rapporté. Voir la *Joconde.*

– En vrai ? s'étonne Bany. Maintenant ?

– Et pourquoi pas ? lance Jean-Claude, prêt à sauter sur tous les prétextes pour laisser mariner sa fille. Avant la Concorde, tu prendras le souterrain à droite ; on ira se garer au parking du Louvre.

– Pas la *vraie*, répond Yun. Je la connais par cœur, et je n'aime pas le format. Moi, je la fais toujours en 120 × 140 : le sourire ressort mieux. Non, je veux la voir en statue. J'ai lu une publicité dans l'avion. Nous y sommes.

Elle met son clignotant, tourne à droite entre le Petit Palais et le jardin du restaurant Ledoyen, s'arrête devant le voiturier.

– Juste un petit moment, lui dit-elle tandis qu'il ouvre la portière en retirant sa casquette.

Dépassés par son aplomb, on la rejoint dans la boue neigeuse. Pendant que Bany donne dix euros au voiturier, elle fonce vers la grande tente plantée entre les chalets blancs du marché de Noël. Ça s'appelle *Ice Magic.* C'est une exposition de sculptures sur glace, représentant à l'échelle bonsaï des monuments de Paris, des personnages historiques et des créatures de fiction. Il y a cinquante mètres d'attente au guichet. Bany tourne les talons en déclarant qu'il va nous acheter des gaufres.

– Non, merci, lui dit-elle. Je me garde.

– Tu as raison, se réjouit Jean-Claude, je t'ai préparé un repas sublime à l'hôtel. Le nec plus ultra de la gastronomie française. Mais moi j'en veux bien une, Bany !

Son portable lui joue le *Requiem* de Mozart. Pendant qu'il répond à sa fille, je glisse discrètement à Yun :

– Pour ce que tu m'as demandé tout à l'heure, dans la cabine… Vois avec Banyuls.

Et j'ajoute dans le creux de son oreille :

– C'est le seul capable de te faire l'amour comme une fille.

Elle se trouble à peine, me remercie comme elle a remercié pour la gaufre. Là, apparemment, elle ne pense plus qu'à découvrir le travail d'un collègue sur une *Joconde* en relief, version meule et burin.

– Je te dis que j'arrive, Déborah ! s'époumone Jean-Claude dans son téléphone. Mais il y a d'autres urgences que toi sur terre, figure-toi ! C'est Noël pour tout le monde ! Et quatre-vingt-dix pour cent des enfants de la planète donneraient tout pour être à ta place parce qu'ils n'ont rien – et en plus ils n'ont rien fait de mal, eux ! Alors tu arrêtes tes caprices, tu t'installes sagement dans le bureau de ta mère, tu joues sur ta D-S et tu préviens ton cheval que j'arrive quand j'arrive ! Passe-moi Judith.

Pendant qu'il vocifère, Yun me demande à mi-voix ce qu'il reproche à la petite, exactement : Marc est resté évasif. Je lui confie à l'oreille le secret sur lequel s'est refermé Jean-Claude, pour nier le saccage irréparable de son couple. Comme beaucoup d'enfants de son âge, Déborah avait rêvé d'avoir deux maisons, deux sources d'argent de poche et des vacances en double. Les parents les plus maniables étant ceux qui divorcent pour adultère, elle était passée à l'action.

Un matin, Judith est venue me trouver à la galerie pour m'accuser en public, devant deux collectionneurs et un expert, d'avoir, je cite, roulé une gamelle à son mari. Sa fille nous avait vus. J'ai récusé en toute bonne foi : mes relations intimes avec Jean-Claude remontaient au temps d'hypokhâgne, alors qu'elle-même suçait encore son pouce. Elle l'a pris de haut, m'a accusée de faire valoir l'antériorité. Pressée de finir ma négo sur un dessin de Basquiat, je l'ai reconduite sur le trottoir en l'assurant qu'en tout état de cause, je préférais mille fois l'ami à l'amant.

« Ça veut dire ?

– Tu ne veux pas qu'on en parle après mon rendez-vous ?

– Je veux ma réponse tout de suite, Marlène. Ça veut dire ?

– Ça veut dire que c'est un peu fastidieux d'être toujours obligée de lui mettre un doigt dans le cul pour le faire jouir. »

Je pensais que l'électrochoc allait la neutraliser. Mauvais calcul.

« *Toujours ?* Tu as dit *toujours* !

– C'est un rappel de grief, Judith, pas une actualisation.

– Moi, il ne m'a jamais demandé ça !

– Eh ben tant mieux, et bravo ! Ça prouve que je lui plaisais moins que toi.

– Ça prouve qu'avec moi il remplit le devoir conjugal, tandis qu'avec toi il s'envoie en l'air ! »

Ça devenait ardu. Plus je niais, plus elle montait en puissance dans son statut de victime. Le problème de Judith avec moi, c'est que sa mère était goy : je suis plus juive qu'elle, alors que je travaille le samedi et que je mange du porc. La proie idéale pour exalter sa parano. J'ai botté en touche :

« Judith, franchement, comment peux-tu douter de Jean-Claude ? Il t'adore, il te vénère, il t'idéalise…

– Il m'idéalise en faisant avec une autre ce qu'il n'ose pas me demander ! Je suis cocue, je le sais, et je le refuse ! »

J'ai posé les mains sur les épaules de cette ravissante peste de quarante-cinq kilos, qui nous gonfle depuis quinze ans avec son 34, son judaïsme de droite et ses responsabilités chez Cartier. Sans parler de la langueur abrutie avec laquelle Jean-Claude l'appelle « son Tanagra » – quoique, depuis quelque temps, de petits bourrelets vengeurs lui font rejoindre le commun des mortelles ; dès qu'elle regarde un macaron, ça lui tombe sur les hanches, Lucas la surnomme « Tanagra-double », et son degré d'hystérie est indexé sur le cadran de sa balance.

Avec la patience résignée d'une médiatrice de l'ONU, je lui ai juré qu'il n'y avait plus ni doigt ni gamelle entre son mari et moi depuis l'automne 1990.

« Tu traites ma fille de menteuse ?

– Oui.

– Salope ! »

Elle m'a giflée, je lui ai mis un coup de boule et on en est restées là. Je m'en veux toujours un peu. Je pense que si je m'étais abstenue de nier, Jean-Claude aurait pu négocier le montant de son rachat et ça aurait probablement sauvé leur couple. J'ai compris trop tard que pour Judith, il était beaucoup plus grave de mettre en doute la parole de sa fille que de se taper son mec.

– J'adore ces liens entre vous, murmure Yun à la fin de mon récit.

Elle regarde Jean-Claude, qui termine sa gaufre en poursuivant son invective téléphonique, à l'écart de la file d'attente. Elle se tourne vers Bany, qui est allé prêter main-forte à Lucas embourbé sous les arbres et qui refuse qu'on l'aide, comme d'habitude. Elle se rapproche de moi, ajoute :

– Je n'ai jamais eu d'amis. J'ai toujours été seule et j'en étais si fière, si forte… Mais je me dis aujourd'hui en vous voyant que c'était la force du vide.

Je plonge dans son regard. Sa phrase n'est pas un appel du pied, juste un aveu de faiblesse. Vu le pays d'où elle vient, je mesure la confiance que je dois lui inspirer pour qu'elle s'exprime ainsi à découvert. Et si c'est du calcul, ça n'enlève rien à l'émotion que j'éprouve. Comment une inconnue a-t-elle réussi, aussi vite, à faire rebattre mon cœur ? Ce n'est pas un coup de foudre que je ressens ; c'est comme une interaction de paratonnerres.

– J'ai dit ce que j'avais à lui dire, Judith, un point c'est tout ! Et ce n'est pas la peine d'appeler le juge pour faire constater ma carence. Je renonce à la garde alternée, voilà : c'est ton cadeau de Noël !

Jean-Claude raccroche, sans refermer la bouche, épaté de son culot. Je lui mime des applaudissements. Il baisse les yeux, nettoie le sucre glace de ses touches. Puis, d'un air beaucoup moins assuré, il se tourne vers Yun et s'informe, comme il l'aurait fait auprès de Marc :

– Je ne suis pas allé trop loin ?

Elle lui répond que non, non : c'est très bien que sa fille ait quelque chose de *réel* à lui reprocher. Et lui, il ne se défendra pas, il ne l'agressera pas, il ne lui en voudra plus de se sentir coupable. Indifférence polie. Déborah doit comprendre qu'il est un homme avant d'être un père.

Jean-Claude l'a écoutée, pensif. Il objecte :

– Mais comment le faire admettre à sa mère ?

– Ne mêle plus ton enfant aux problèmes de ton couple. Tu veux que Judith te revienne ? Rends-la jalouse, c'est tout.

Elle lui décoche un sourire d'évidence, qui le laisse extrêmement perplexe. Mais pour moi c'est très clair, à présent : elle est passée en mode offensif.

Lucas nous rejoint, transpirant sous son bonnet tibétain, ses mains gantées s'épuisant à corriger sa trajectoire dans la neige et le verglas. Aussitôt, Yun s'empare des poignées du fauteuil.

– Je n'ai besoin de personne, merci ! refuse-t-il d'un ton sec.

– Non, le rassure-t-elle, c'est juste pour être prioritaire.

Et elle le pousse vers la caisse handicapés. Ravalant mon sourire, je lui emboîte les roues.

– Je rêve ou elle me fait des avances ? me chuchote Jean-Claude en me crochetant le poignet.

– On a toujours raison de rêver, dis-je d'un ton sobre, pour le laisser mijoter dans un suspense qui ne peut que lui être salutaire.

– Mais c'est dégueulasse, par rapport à Marc !

– Jean-Claude !

Mon air de reproche complice le fait rougir de honte, au rappel d'une réalité bien plus grave qu'un écart de conduite.

– Vous venez, les témoins ?

Se frayant un passage à coups de fauteuil roulant dans la foule qui fait du sur-place, Yun pénètre sous la tente réfrigérée où scintillent les étoiles d'un ciel en bâche noire. Contournant l'Arc de triomphe, le Père Noël, la *Vénus de Milo* et la basilique du Sacré-Cœur, elle fonce droit sur la Mona Lisa en relief dont la glace bleutée goutte entre celle de Jeanne d'Arc et du *Penseur* de Rodin. Elle reste plantée trois secondes devant la sculpture, puis se penche vers Lucas d'un air vexé :

– Ce n'est pas la *Joconde*, c'est la *Laitière.*

Et elle tourne les roues en direction de la sortie.

– En revanche, le Rodin est très bien. Mais vraiment... Quand on s'attaque à Vinci, on n'a pas le droit d'être vague ! Pardon.

Dans l'élan de sa colère, elle a percuté un autre fauteuil avec le cale-pied de Lucas. La vieille dame en manteau de zibeline glapit que son mari est grand invalide de guerre. Elle exige de remplir un constat. Au lieu de parlementer, Yun la prend à témoin, lui fait partager les raisons de son mouvement d'humeur, et c'est la zibeline à présent qui s'efforce de la calmer.

J'aime cette intransigeance face aux approximations de l'art, cette blessure corporatiste devant le manque de travail, de talent, d'exigence. Elle a un besoin viscéral d'admirer, comme moi, et de voir traiter les œuvres à leur juste valeur. Je sais que je l'emmènerai à la galerie, tout à l'heure. Je sais que je lui ouvrirai l'atelier de Claire. Ce que j'ai vu de sa manière de travailler Magritte, sur les tee-shirts qu'elle nous a offerts, me donne une vraie envie de vérifier si elle a un univers, un style propre, une vision personnelle. Ou de l'amener à les découvrir, au-delà des techniques qu'elle maîtrise.

Je réfrène mes impatiences de galeriste. Ce n'est pas le sujet, et l'heure tourne. Je perçois un certain flottement chez les garçons. Lucas a pris froid sous la tente, Bany aimerait se retrouver seul avec Yun pour continuer à parler moteurs loin de nos oreilles profanes, et Jean-Claude est tiraillé entre sa fille qui attend, son déjeuner qui approche et la belle silhouette vallonnée qu'il ne peut s'empêcher de comparer avec les charmes anorexiques de Judith, maintenant qu'il a cru sentir une ouverture.

Passée en un éclair de la critique d'art implacable à la groupie sans complexes, Yun s'extasie devant les coupe-légumes, les bouquets de fleurs lumineuses, les traîneaux de Noël, les foulards, les chapkas et les poupées russes qui, entre deux choucroutes et trois hot dogs, se succèdent aux devantures des baraques en bois blanc.

– *Made in China*, souligne-t-elle en désignant les étiquettes.

Elle gagne du temps, comme nous. Ou alors elle nous pousse dans nos retranchements, pour hâter la révélation.

– J'ai le droit d'aller au Grand Palais ?

En face de nous, une immense affiche annonce l'exposition *De Byzance à Constantinople.* Mais ce qui l'intéresse, c'est la fête foraine installée sous la verrière du musée. Et on se retrouve, quelques minutes plus tard, à faire le pied de grue devant les attractions sur lesquelles elle hurle de joie, ballottée la tête en bas dans des nacelles à grillage et des balanciers à 360 degrés.

– Vous ne sentez pas qu'il y a un léger malaise, là ? grommelle Lucas.

Il stationne devant un stand de churros et barbe à papa, le col de son veston relevé sous l'écharpe à triple nœud. Son grand corps d'athlète dans le petit fauteuil paraît encore plus déplacé quand il gesticule.

– Non, parce qu'à force de différer le choc... Je vous rappelle juste qu'on a une échéance précise à dix-sept heures. A quel moment vous comptez lui annoncer que c'est pas du riz qu'on va lui jeter, mais les cendres de son mec ?

– Lucas, proteste Jean-Claude. On attend le moment propice, c'est tout...

– Chez Cartier il y aura tes deux harpies, à l'hôtel tu ne voudras pas gâcher le déjeuner, ensuite Bany lui fera conduire ses onze autres guimbardes et

Marlène l'emmènera à la galerie pour qu'elle restaure une toile... Non mais vous croyez que je n'ai pas vu clair dans votre brouillard, là ? Vous ne pensez plus à Marc ! Vous avez même envie de sécher la crémation, parce que Jérôme nous l'a repris et que tout ce qui va nous rester de lui, c'est elle ! Mais j'ai une petite question : si c'était encore le thon incolore que Marc nous a montré en photo, ça vous poserait autant de problèmes de conscience ? Le vrai dilemme que vous avez en tête, le véritable enjeu, c'est : comment puis-je lui annoncer qu'elle est libre avec une telle finesse que, du coup, elle se rabatte sur moi.

On lève les yeux vers Yun qui tournoie en cage au bout d'un câble en nous envoyant des bisous. Lucas n'a pas tort. C'est le seul d'entre nous qui soit heureux en ménage. Ça lui donne le droit de ne pas comprendre l'émotion décapante qui, au pire moment de notre vie, remet soudain en question notre chagrin sans prise et nos amours chaotiques. Il n'est pas question d'oublier Marc, au contraire. Se focaliser sur Yun, c'est retrouver le centre de gravité que nul autre que lui ne nous a jamais offert.

– Je pense qu'elle est au courant, pour Marc.

Ils pivotent vers moi avec des airs de crevettes ébouillantées.

– Tu rigoles ?

Je leur expose mon intuition, mes soupçons, mon point de vue. J'y ajoute une supposition qui vient de me venir : c'est à l'un d'eux qu'elle avouera dans un moment qu'elle joue notre comédie, en lui demandant de ne pas le dire aux autres. Moi, j'ai eu ma part de confidences. Et si elle veut faire l'unanimité entre nous, elle a intérêt, sur un plan tactique, à nous ferrer à tour de rôle.

– C'est bien les Chinois, ça, siffle Lucas entre ses dents.

– N'importe quoi, s'écrie Jean-Claude. C'est une gamine qui joue les femmes délurées par souci d'intégration, c'est tout, parce que l'image des Français à l'étranger c'est toujours queutards et compagnie. Si elle avait appris la mort de Marc, tu crois qu'elle irait s'éclater sur un manège ? Non, Marlène, désolé, toutes les femmes ne sont pas aussi tordues que toi. Ni aussi négatives que celles que tu fréquentes.

Je me tourne vers Bany qui ne fait pas de commentaires. Lui, il a vu Yun à l'œuvre dans la cabine du tailleur ; il sait à quoi s'en tenir, et combien sa stratégie d'expansion amoureuse peut être bénéfique pour tout le monde.

– Elle n'est ni tordue ni perverse, Jean-Claude, dis-je en contenant mon agacement. Elle assure, c'est tout. Sa seule chance d'avenir, c'est de nous plaire.

– Tu vois tout en noir.

– Qu'est-ce qui est noir ? Au contraire ! Plutôt que de se laisser aller au désespoir, elle s'accroche avec toute son intelligence et sa psychologie au bonheur que Marc lui a promis…

– Marlène ! grince Jean-Claude en levant la main pour m'arrêter.

Peine perdue, il m'écoutera jusqu'au bout :

– Elle s'y est préparée à tout point de vue, elle passe un examen devant nous depuis l'atterrissage, et en même temps elle teste les examinateurs. Elle est surqualifiée, surentraînée, vous le voyez bien. On ne va pas la renvoyer au vestiaire !

– Vous parlez de moi ?

Elle a surgi dans mon dos, me saute au cou en disant que l'Extrême est génial, mais qu'elle préfère quand même le Salto Mortale. Elle ajoute, les yeux dans mes yeux, que l'avantage d'avoir été privé d'enfance, c'est qu'on n'arrête jamais de se rembourser.

– Il y a des volontaires pour le Train fantôme ? J'ai peur, toute seule.

Bany lève le doigt et me défie du regard. J'acquiesce. Elle l'entraîne par la main en disant que la peau de son ventre a faim. On les regarde courir vers l'attraction.

– C'est une expression typiquement shanghaïenne, nous rassure Lucas d'un ton suave. Ça veut dire qu'elle commence à avoir un petit creux, et non pas qu'elle souhaite se faire niquer dans le Train fantôme.

– Ça y est, elle se doute de quelque chose, s'angoisse Jean-Claude.

– Mais non. Elle fera honneur à ton repas, c'est tout.

– Arrête, Lucas ! Elle a entendu Marlène, elle va croire qu'on la prend pour une intrigante... Ecoutez, moi je pense qu'il faut en rester à notre première idée : la préparer le mieux possible au choc.

Il regarde Yun asseoir Bany dans un wagonnet à deux places, que les rails propulsent aussitôt dans la bouche géante d'une sorcière édentée.

– Tu proposes ? le relance Lucas.

– J'ai fait monter un sublime chevalier-montrachet de chez Bouchard, prononce-t-il sur la pointe de la voix.

– On la soûle, traduit Lucas, et comme ça on lui balance la nouvelle au café, ni vu ni connu. T'es grave, Jean-Claude. C'est pas de la prévenance, ton truc, c'est de la lâcheté.

– Mais merde ! craque-t-il soudain. J'ai perdu mon copain, moi, ce n'est pas la souffrance de sa fiancée qui va me le rendre !

– Et on n'a rien perdu, nous ? crie Lucas. On est comme des cons à trimbaler une frimeuse qui s'est mis en tête de monter Marc contre nous en lui faisant croire qu'on la drague, comme ça elle l'aura pour elle toute seule ! Voilà ce qu'elle a comme stratégie ! Alors excusez-moi, mais adoucir les états d'âme de ce genre de salope, j'ai d'autres priorités sur terre !

Je pivote son fauteuil vers moi, ulcérée, et je lui balance tout ce que j'ai sur le cœur. Il a renoncé au journalisme, à l'écriture, à l'engagement sur le terrain, pour s'encroûter avec une jolie feignasse qui vit sur sa pension d'invalide : ce n'est pas une raison pour traiter de salopes les femmes qui ont le courage de leur indépendance !

– Indépendance ? Et qu'est-ce qu'elle voulait

d'autre que vivre aux crochets de Marc ? T'es en train de péter un câble, Marlène ! Arrête de t'identifier à toutes les putes sur qui tu flashes !

Ma baffe lui retourne la tête. Je ramasse ses lunettes, les lui rends en lui demandant pardon. Il baisse les yeux pour redresser les branches.

– Non, c'est moi. Je suis désolé, Marlène, ce n'est pas ce que je voulais dire. Mais regarde dans quel état elle nous met.

L'*Hymne à la joie* de Beethoven retentit dans la poche de Jean-Claude. L'hôtel. Il décroche vivement, redoutant l'un des douze mille problèmes qu'il doit régler chaque jour.

– Jean-Claude Chagnot, j'écoute. Oui, Clémence. Un souci ? Non, non, allez-y.

Une série de *Quoi ?* de plus en plus aigus nous fait redouter le pire, sans indication supplémentaire. Livide, il referme lentement le clapet du portable, et le remet dans sa poche avant d'articuler d'une voix sans timbre :

– C'était Clémence.

– Et qui est Clémence ?

– La nouvelle gouvernante. Je lui avais dit de passer avenue Junot pour tout mettre en ordre. Si

Yun, quand elle serait au courant de la situation, voulait voir le cadre de vie où Marc…

– Et alors ?

– Il y a des scellés sur la porte.

Quand ils sont revenus du Train fantôme, ils nous ont trouvés à la buvette, devant un grog. C'était la seule réponse qui s'était imposée face au coup de poignard qu'on venait de recevoir.

Yun-Xiang avait les larmes aux yeux. Sans un regard pour nous, elle a filé vers les toilettes. Bany s'est assis à notre table, avec un air trop normal pour être sincère. On s'est concertés du coin de l'œil. Dans trois minutes, on lui briserait le cœur – autant le cuisiner avant.

– Tu lui as dit quelque chose, Bany ?

– Mais rien !

– Pourquoi elle pleure ?

– Parce qu'elle a eu peur. C'est vachement gore, en fait, comme attraction.

– Bany...

Il a renoncé aussitôt à nous convaincre. Son

inaptitude au mensonge, devant les autres comme envers lui-même, a toujours été son plus grand handicap dans la vie.

– On a un problème…

Il a levé la main pour stopper nos questions.

– … qui, dans un sens, nous arrangerait plutôt. D'un autre côté, je ne sais pas comment gérer… Mais je ne vous ai rien dit, OK ? Elle m'a fait jurer.

On a incliné la tête, en garantie de respect pour son serment. Il a remonté le col de son polo, l'a rabaissé pour écraser le pli, après quoi il s'est concentré sur le ticket des consommations en murmurant :

– Elle m'a parlé. Voilà, en gros… elle se pose des questions sur son couple.

Lucas a tourné vers moi un clin d'œil de triomphe modeste, au-dessus de sa pommette rougie par mes doigts. Je me suis retenue de lui faire un raccord couleur sur l'autre joue.

– Elle s'est lâchée, dans le Train fantôme. L'obscurité, les cris autour de nous, le contact avec mon épaule, j'sais pas… Bref, elle n'est pas dupe de notre jeu. Elle a dit : « Quand vous me racontez qu'il fait un reportage en Afghanistan, en réalité, je suppose qu'il est… »

Il s'arrête, exprime les points de suspension en pianotant de la main droite.

– « … mort » ? s'effraie Jean-Claude

– « … parti avec une autre. »

Bany contemple l'effet de la phrase, qu'il a citée en forçant légèrement l'accent suisse. Il enchaîne devant notre air scotché :

– Elle connaît son rapport avec les femmes. Elle pense qu'elle ne fait pas le poids, qu'il a trouvé mieux et qu'il n'a pas osé le lui dire. Alors il s'est barré en nous chargeant du sale boulot : la préparer en douceur à l'annulation du mariage.

– Mmouais, mmouais, mmouais, réfléchit Jean-Claude. Evidemment, ça nous arrange pas mal les bidons. On revient à la version 3 de Marlène.

– Attends, c'est pas fini. Elle se sent abandonnée, c'est normal, mais il y a un autre facteur qui s'est greffé dessus. Nous.

– Nous ?

– Elle nous trouve super.

Jean-Claude attend la suite, concentré, hochant la tête. Bany poursuit, comme s'il voulait nous vendre nos propres mérites :

– Faut voir le contexte, aussi. Le temps qu'on

prend, le mal qu'on se donne pour la ménager... Du coup, elle a honte.

– Honte de quoi ?

– Marc a été son premier homme et ça compte, malgré la froideur qu'il a parfois, son besoin de vouloir tout régenter, de la formater comme son esclave... Bon, d'un autre côté, elle n'a jamais connu autre chose, c'est vrai, alors... La perspective d'une vie de riche, ça l'a motivée.

– Elle t'a dit tout ça dans le Train fantôme, a souligné Lucas d'un air perplexe. Vous avez fait combien de tours ?

– Et puis voilà, elle arrive ici, elle nous découvre, elle nous trouve si gentils, si attentionnés, si passionnés, si respectueux d'elle et, en même temps, si francs dans la discussion... Elle a craqué pour nous.

Il observe le silence que ses paroles ont creusé. Il précise, en continuant à déchiqueter le ticket de caisse :

– Pour nous quatre. Du coup, maintenant, elle compare. Et elle a peur de se retrouver en face de Marc.

J'écrase le citron au fond de mon verre. A quoi rime cette volte-face ? Difficile de savoir avec Yun ce qui relève de la sensibilité ou de la stratégie. Les deux sont liées, en fait.

– Eh ben voilà, s'exclame Lucas, tout rentre dans l'ordre ! On va lui régler son problème d'un coup de baguette magique : tu n'as plus envie de te marier, ma grande, *no soucy* ! Garde la robe pour la prochaine fois, et bon retour en Chine !

– Tu n'as pas besoin d'être cynique, dit Jean-Claude, visiblement bouleversé par la perspective d'être préféré au plus grand tombeur de la planète médias. On a charge d'âme, les enfants. C'est encore plus vrai qu'avant, maintenant... Je veux dire : si Marc ne s'est pas bien comporté avec elle, c'est à nous de réparer.

– C'est ça. Tu la sautes et ça recolle les morceaux.

– Arrête de voir du cul partout, Lucas !

– C'est vous que je regarde ! Moi, elle ne me fait pas broncher d'un poil, la reine des éoliennes. Maintenant, si vous voulez la racheter en copropriété, ne vous gênez pas, je vous refile mes millièmes.

Je termine mon grog, perplexe. Ou je me suis trompée, elle ignore la mort de Marc et elle nous monte un plan B dont je ne vois pas trop l'objectif. Ou bien elle est sincère, elle panique et elle se met aux enchères, pour que l'un de nous quatre l'épouse à la place de Marc. Ou alors elle est au courant de son deuil comme je le pense et, généreusement, elle essaie de nous faciliter la tâche : on peut lui annoncer la nouvelle, ça ne lui fera pas autant de mal qu'on aurait pu le croire.

– Et tu lui as répondu quoi, au juste, questionne Jean-Claude à contretemps, par rapport à l'infidélité de Marc ?

– Je l'ai rassurée. Je lui ai juré qu'il n'y avait plus qu'elle dans sa vie.

– Mais t'es con ! Il est mort, je te rappelle !

– Ecoute, Jean-Claude, elle était tellement mal... J'ai fait ce que j'ai pu.

– Tu as sauvé le mariage, quoi.

– C'est nul, je sais, mais de la voir comme ça, moi, ça m'a complètement cassé...

– Et c'est pas fini, soupire Lucas. Tu ne veux pas qu'on te commande un grog ?

Le confident du Train fantôme nous dévisage, inquiet.

– Qu'est-ce qui se passe ?

Jean-Claude prend une longue inspiration, plante ses coudes sur la table et attaque :

– Bany... j'ai eu Clémence au téléphone.

– Qui ça ?

– La nouvelle gouvernante de l'hôtel. Je lui avais demandé de nettoyer l'avenue Junot.

– Et alors ?

Jean-Claude lui ménage un temps de préparation. Lucas le prend de vitesse :

– Pendant qu'on balade Miss Shanghai, Jérôme a fait poser des scellés.

Je balance malgré moi un coup de pied dans son tibia inerte. Banyuls nous regarde l'un après l'autre. Puis il ferme les yeux en serrant les poings. Il a l'air plus malheureux qu'en colère.

– Je ne pensais pas qu'il irait jusque-là, murmure-t-il. C'est effrayant, la haine.

– Et c'est pas tout..., reprend Jean-Claude. Il y avait tes affaires sur le trottoir.

Je vois le sang quitter le visage de Bany.

– Mes affaires ? Tu veux dire... tout ?

– D'après Clémence, oui...

– Mes livres aussi ?

Le silence de Jean-Claude vaut réponse.

– Mais elle les a pris ?

– Non. Elle n'a pas osé. Et puis, il y avait douze caisses...

Notre pote ferme les yeux, tandis que Lucas

essaye de lui remonter le moral à sa manière en justifiant les scellés du point de vue de Jérôme :

– Qu'est-ce que tu veux : tu étais occupant à titre gratuit, exploité grassement mais exploité au noir. Tu n'avais jamais accepté que Marc te fasse un contrat de travail… C'est comme ça qu'on se retrouve SDF.

Bany n'écoute pas. La seule image que je vois dans ses yeux, c'est celle de ses éditions originales de Cocteau et Montherlant abandonnées dans la neige du trottoir.

– Moi-même, dit Jean-Claude sur un ton solidaire, je ne sais pas ce que je vais devenir… J'ai un CDI, mais si Jérôme veut me virer, deux mois de préavis et hop ! A la rue, avec mille quatre cents euros de pension alimentaire…

Je tape du plat de la main sur la table.

– Bon, on va se partager. Lucas et toi, vous l'emmenez en taxi chez Cartier. Attention à museler Judith : après ce que tu lui as balancé au téléphone, elle risque de se venger sur Yun, genre « Désolée, on ne rembourse pas les alliances ». Bany et moi, on monte à Montmartre, on ramasse les affaires et on vous rejoint au déjeuner. D'ici là, pas un mot sur quoi que ce soit ; gérons les choses dans l'ordre.

– Il faut appeler Smalto pour qu'ils livrent les robes à l'hôtel et non plus à Junot, articule lentement Bany, comme un boxeur sonné qui donne tout de même une interview.

– Tout va bien, sourit Yun en se rasseyant. Le tunnel m'avait inséré des poussières dans les yeux. Vous partez ?

– Un détail à régler, répond l'expulsé avec une dignité poignante. On vous retrouve à l'hôtel.

En contournant la grande roue, j'ai glissé un regard par-dessus mon épaule. Yun-Xiang nous suivait des yeux avec une expression bizarre, mélange d'hésitation attentive et de contrariété. L'expression d'un sniper dont la cible s'éloigne.

*

La butte Montmartre était quasiment paralysée par la neige. Bany gardait les dents serrées. Mettant toute sa crispation au service de la tenue de route, il faisait grimper Queen Mum en seconde, rue Caulaincourt, avec une stabilité de brise-glace.

Au premier virage de l'avenue Junot, il a aperçu sur le trottoir son matelas, deux valises et un carton. Il a stoppé au milieu de la chaussée, moteur tournant, et il est descendu lentement faire l'inventaire de ce qu'on lui avait volé. Je l'ai rejoint. Le carton ne contenait que le dossier bleu qu'il appelait son « press-book ». Les vieux articles du *Midi Libre* : « Le bébé miraculé des vendanges », « Appel à témoins pour retrouver les parents »... J'ai passé un bras autour de sa taille. Son seul commentaire a été :

– J'espère que mes livres sont en de bonnes mains.

Il est retourné vers la voiture. J'ai chargé les valises et le carton dans le coffre. En me rasseyant, je lui ai proposé de l'héberger. Il a secoué la tête. Il préférait l'hôtel, pour être aux côtés de Jean-Claude quand lui-même serait jeté à la rue. Ils prendraient le temps de voir venir. Ils chercheraient ensemble une coloc.

La limousine a fait demi-tour en trois manœuvres, sans qu'il regarde en arrière. Etre expulsé du foyer que lui avait offert Marc réveillait le sentiment d'abandon qui lui avait toujours servi d'axe. Il ne se révoltait pas. C'était comme la fin d'un malentendu qui avait duré vingt ans. Une illusion de théâtre.

– C'est quand on a tout perdu qu'on se retrouve, a-t-il commenté d'une voix neutre.

J'ai glissé de côté pour me coller contre lui, poser la tête sur son épaule. Comme pour me faire consoler de sa souffrance. Il m'a embrassée dans les cheveux. Au bas de l'avenue Junot, il a tourné à gauche.

– On ne va pas à l'hôtel ?

– Je voudrais juste en avoir le cœur net.

On est redescendus place de Clichy. Il s'est arrêté devant l'entrée piétons du parking, et il m'a demandé d'aller voir pour lui.

J'ai pris l'ascenseur jusqu'au cinquième sous-sol réservé aux abonnés, où les voitures de Marc s'alignaient dans des cages en fer. Un cadenas supplémentaire, tout neuf, fermait chaque porte, avec des scellés d'huissier apposés sur les montants. Même sur ceux des box vides de Queen Mum et de la Jaguar.

J'ai regardé une dernière fois les cabriolets rutilants, emprisonnés désormais sans droit de visite ni permission de sortie. Toutes ces pièces de collection qui seraient restées des épaves, sans les doigts d'or de Bany. Tous ces mythes roulants, de l'Aston-Martin DB2 à l'Austin Healey *Frog Eye*, de l'Alvis TD à la Jensen Interceptor, en passant par la Bentley victorieuse au Mans en 1928 et la Lotus Elan d'Emma Peel dans *Chapeau melon et bottes de cuir.* Tous ces rêves d'ingénieurs, de carrossiers, d'artisans, dont Marc et Bany m'avaient fait partager la passion, et qu'on emmenait prendre l'air à Deauville, Megève, Arcachon, Villefranche... Souvenirs de pannes et de pique-niques, de coups de soleil et de pluie sans capote, de rallyes Neige-et-Glace et de courses d'ancêtres dans les sables du Maroc. Tous ces aide-mémoire de notre amitié, toutes ces compagnes de route qui allaient dessécher leurs joints sous la poussière de ce parking, en attendant d'être dispersées. Jérôme ne conduit pas.

Je me suis arrêtée devant la plus modeste, la Triumph Spitfire équipée du moteur à légumes qui ne dépasserait jamais le stade du prototype. En laissant mon regard errer sur les chromes et les cuirs, c'est la silhouette de Yun que je voyais au volant, cheveux au vent – rêve caduc. Les dernières volontés de Marc rétrécissaient au fil des heures.

Quand je suis remontée à la surface, Bany était aux prises avec un flic. J'avais beau m'attendre à tout de la part de Jérôme, l'idée ne m'avait pas effleurée qu'il ait pu porter plainte pour le vol de la Rolls Royce. Je me suis approchée, sur la défensive.

En fait, c'était juste un problème de ceinture de sécurité. Mais Bany déversait d'un coup toute sa douleur rentrée sur l'agent, à qui il reprochait violemment son ignorance de la loi : aucun texte n'obligeait à installer des ceintures de sécurité sur un modèle antérieur aux années 60.

– Permis de conduire, papiers du véhicule.

– Et en quel honneur ? Je suis à l'arrêt sur un stationnement autorisé, et je n'ai commis aucune infraction – à part un délit de faciès. C'est ça ? J'ai le type méditerranéen, comme vous dites maintenant, je suis au volant d'une Rolls, alors on me contrôle. Mais faites gaffe, je suis peut-être un émir tout-puissant, ou alors un Ben Laden piégé : dans les deux cas, je peux vous faire sauter !

Le jeune flic a porté la main à sa ceinture. Je lui ai dit bonjour, et de ne pas se formaliser des réactions de mon ami qui venait de recevoir un grand choc affectif.

– Permis de conduire, papiers du véhicule.

Face à l'immobilité butée de Bany, j'ai sorti le portefeuille de sa veste, je l'ai donné à l'agent. Puis j'ai ouvert la boîte à gants pour prendre la carte grise, le certificat d'assurance, le compte rendu du contrôle technique, la lettre de Marc confirmant l'identité de son chauffeur, l'attestation de don aux Orphelins de la police nationale et l'autorisation de stationner dans la cour de l'Elysée.

Et c'est là que j'ai trouvé le document qui allait tout faire basculer.

– Vous vous appelez Banyuls, a commenté le flic d'un ton lourd de sous-entendus.

– Et alors ? Je dois souffler dans le ballon ?

Tandis que la tension montait, j'ai ouvert l'enveloppe à l'en-tête du consulat de France à Shanghai. C'était le contrat de mariage établi, un mois plus tôt, par le diplomate faisant fonction d'officier ministériel. Au terme de l'article premier, les requérants optaient pour le régime de la communauté universelle.

Je me suis empressée de montrer la clause à Bany.

– Et ça change quoi, si le mariage n'a pas lieu ?

– Veuillez descendre du véhicule.

– Deux minutes ! Vous ne voyez pas que Madame me parle ?

Je réfléchissais tout haut. Une solution existait, qui pourrait concilier nos intérêts et ceux de Yun-Xiang. Mais il vaudrait mieux vérifier si elle était légalement possible avant d'en parler aux autres, pour éviter les faux espoirs et les chocs en retour.

Après l'heure perdue au poste de police pour outrage aux forces de l'ordre, refus d'alcootest entraînant prise de sang et amende pour défaut de gilet jaune à l'intérieur du véhicule, un spectacle hallucinant nous attendait à l'hôtel. Installé au salon Modigliani devant le feu de cheminée au gaz, Jean-Claude parlait à sa fille, sourire aux lèvres, en lui tenant les mains. Lucas a relevé le nez de sa fumigation pour nous commenter cette scène surréaliste par une moue de fatalité. Après quoi il a précisé entre deux reniflements :

– Elle est allée se reposer dans sa suite.

– Je vous attendais pour lancer les soufflés, a dit Jean-Claude en jaillissant du sofa. Tu montes la chercher, Marlène ?

Je n'ai pas bien compris son clin d'œil. Il y avait un sixième couvert sur la table dressée devant la porte-fenêtre, et Déborah portait des Prada neuves à la place de ses bottes de cheval.

– Cette femme est une révolution, m'a-t-il glissé à l'oreille en m'entraînant vers la porte. Soyons clair, je suis raide amoureux.

Je voyais. Et je n'en croyais pas mes yeux. En une heure de shopping avec Yun, le père et le mâle s'étaient régénérés en lui de manière spectaculaire. Il a jeté un regard en biais vers Bany, qui avait posé ses valises devant le feu et s'était assis dessus. Un regard de pitié, de triomphe contenu. Revenant sur mon premier réflexe, j'ai failli lui parler du contrat qu'on avait découvert dans la boîte à gants. Mais il a répété l'urgence des soufflés, et j'ai préféré différer la nouvelle.

– Ma chambre est libre ? a demandé Bany.

– Tant que je suis là, a dit Jean-Claude en lui broyant l'épaule, tu es chez toi. Mais prends plutôt la suite Picasso, tu seras mieux.

– Non, ça va. Il y a déjà assez de choses qui changent.

On a retraversé le hall en boiseries Louis XIII que j'avais récupérées lors de la rénovation d'un manoir breton, et gravi l'escalier en noyer qui provenait d'un ancien presbytère. L'hôtel Demarne était le premier chantier que nous avait confié Marc, lorsque la mairie du XVIIIe lui avait vendu ce bâtiment à l'abandon, haut lieu de l'école montmartroise que nous avions transformé en hôtel-musée de charme dédié à la mémoire des peintres.

Bany est entré sans un mot dans la chambre Maurice-Utrillo, qui lui servait de baisodrome lorsque Marc lui rétrocédait une maîtresse. Il a posé ses valises, refermé derrière lui. J'ai toqué à la porte d'en face, la suite nuptiale aménagée dans l'ancien atelier de Suzanne Valadon. Pas de réponse. Le bruit de la douche. J'ai tourné la poignée de porcelaine, poussé lentement le battant. La robe de mariée était étendue sur le lit à baldaquin, entourée des autres tenues livrées par Smalto. Six boîtes de chaussures Prada s'alignaient sous le grand miroir couvert de buée.

J'ai appelé Yun, sans succès, avant de glisser un œil dans la salle de bains. Elle était accroupie dans le bac en marbre, les bras serrés autour du corps. Son regard s'est tourné vers moi, sans que je sache s'il était noyé par les larmes ou la douche.

– Je fais semblant d'aller bien depuis tout à l'heure, Marlène, mais je suis mal. Je suis trop mal. J'ai besoin de toi.

Je me suis approchée, le souffle en suspens. J'ai arrêté la douche et je lui ai tendu un drap de bain. Enfin elle allait ouvrir son cœur.

– Il faut que je travaille, Marlène. Ça ne m'est jamais arrivé de rester aussi longtemps sans rien faire.

Je n'ai pas marqué de réaction. Je lui ai dit qu'après le déjeuner je l'emmènerais à la galerie : elle aurait tout le matériel nécessaire. Elle s'est relevée, lentement, a redressé la tête pour me fixer. Son corps sans imperfections ni poils dégageait une sensualité de statue. Ce n'était pas un corps de femme, mais de fillette hypertrophiée. Les seins trop ronds, trop parfaits, comme en apesanteur, les jambes ficelle, les fesses au galbe excessif… Tout semblait trop neuf. Encore virtuel. Il manquait une unité, une harmonie, une patine.

Son air de défi attendait une réponse. Mes gestes ont parlé pour moi. J'ai commencé à la sécher, sans attouchements, sans caresses, presque sans émotion. On ne joue pas avec moi. On ne me soumet pas au désir. On n'essaie pas de me dominer par le flou des sentiments. J'ai trop brûlé, trop souffert, trop perdu de temps et d'énergie dans des passions sans issue, des espoirs mal placés, des admirations vaines.

– Comment vas-tu faire pour la galerie, sans Marc ?

Mes mains se sont figées sur ses reins. J'ai évité de conclure trop vite à la confirmation de mes soupçons. « Sans Marc » pouvait être une simple allusion au mariage qui allait le détourner de mes affaires. Mais elle a dissipé très vite l'ambiguïté.

– Qui a décidé de ne rien me dire, Marlène ?

J'étais incapable de répondre. Nous quatre, à des degrés et des moments différents.

– Vous comptiez m'en parler avant ou après l'incinération ?

Je lui ai demandé comment elle avait su. Elle a repoussé ma serviette, enfilé le peignoir pendu à la porte de la salle de bains.

– La station-service, sur l'autoroute. Vous m'aviez barré l'accès au rayon presse écrite, mais vous aviez oublié un détail. La radio dans les toilettes.

J'ai fermé les yeux. Un bref étourdissement. La tension nerveuse, le relâchement, la fin des questions et des hypothèses… Le téléphone de la suite a sonné. Elle a noué la ceinture du peignoir avant d'aller décrocher. C'était Jean-Claude et ses soufflés.

– On arrive, a-t-elle répondu sur le ton adéquat.

Elle est retournée à la salle de bains pour se remaquiller. Son visage n'exprimait plus que l'attention à son reflet.

– Pourquoi tu nous as laissés te jouer la comédie, Yun ?

– Par respect. Vous vous donnez du mal pour épargner mon cœur, c'est normal que je vous montre à quel point vous y parvenez.

– Et… psychologiquement, tu tiens le coup ?

Elle s'est retournée pour me regarder en face. A nouveau cette dureté en me sondant.

– Je lis dans tes yeux, Marlène. Tu penses que je n'aimais pas Marc. Tu crois que tout ce que je voulais, c'est me faire épouser par un homme riche et vivre dans le luxe en France. Là aussi, j'ai donné les réactions qu'on attendait de moi. Mais si dorénavant tu es franche, je le serai aussi.

Elle a pris le crayon à paupières pour réécrire son regard. La dureté a disparu sous le trait en amande qui accentuait le bridage.

– Et si tu es franche, qu'est-ce que tu me réponds par rapport à Marc ?

Avec une sincérité désarmante, elle a dit en débouchant son rouge à lèvres :

– Je ne l'aimais pas au début, mais j'ai aimé l'amour qu'il me portait et la vie qu'il voulait m'offrir, alors par conséquent je l'aime, et sa mort n'y change rien.

Elle a redessiné le contour de ses lèvres. Ne sachant comment dominer mon émoi, j'ai choisi le persiflage :

– Tu pratiques l'amour comme la peinture, c'est ça ? Par empathie. Tu prends sur toi et tu reproduis.

– Et toi, comment fais-tu ?

J'ai détourné les yeux de son reflet. Si en plus elle était aussi perspicace que logique, le trouble qu'elle m'inspirait n'était pas près de s'éteindre. Elle a brossé ses cheveux, délicatement à cause des extensions, les a noués en chignon. Elle paraissait dix ans de plus, à présent. Et moi je me sentais rajeunir à mesure qu'elle confirmait la maturité que je lui avais prêtée. J'étais incroyablement légère. C'était la première fois que j'aimais une personne sans extrapolation, sans penser à ce que j'allais lui apporter. J'étais simplement bluffée par Yun, par sa nature et ce que les circonstances révélaient d'elle, indépendamment de moi. C'était bon d'avoir raison, d'être sûre de quelqu'un et de n'y être pour rien.

– Qu'est-ce que vous allez faire de moi, Marlène ? Qu'est-ce que je vais devenir ?

Le peignoir est tombé à ses pieds. Elle l'a enjambé, a traversé la moquette comme un mannequin sur un podium. Qui lui avait appris à marcher ? Je l'ai regardée enfiler le string et le caraco ivoire à motifs nacrés qu'elle avait pris le temps de choisir aux Nuits d'Elise. Plus sa douce armure de femme se complétait, mieux elle acceptait de mettre ses sentiments à nu, de se montrer vulnérable. Le contraire de mon instinct de défense. Ou bien c'était encore de la stratégie.

– Ça pose un problème si tu rentres en Chine ?

Elle s'est approchée du lit transformé en dressing, a choisi une robe en cachemire blanc.

– Mon père est en prison politique, il est considéré comme un dissident. Ma vie n'a d'autre horizon dans mon pays que le travail clandestin. Cela me convenait. J'étais heureuse avant que Marc me fasse découvrir qu'il existait autre chose. Mais je vais me débrouiller. Je me suis toujours débrouillée.

Elle m'a tendu son dos pour que je monte sa fermeture-éclair. Elle y serait parvenue seule, mais c'était comme une attention narquoise envers moi, une façon de souligner sa dernière phrase en feignant de la contredire. Du moins c'est ainsi que je le percevais. Pour ne pas me laisser piéger par ses dons de mimétisme, j'entrais par empathie dans l'âme chinoise. Ou elle m'en donnait l'illusion. Plus je croyais en elle, plus je me méfiais de moi. Je refusais d'être dupe. Je sentais qu'elle travaillait mes sentiments pour m'en offrir une copie parfaite.

– Et toi, Marlène ?

– Moi ?

– Comment vas-tu te débrouiller ? Tu veux que je te fasse un Wong Kai-Fu ? La *Petite fille aux nattes rouges.*

Je l'ai fixée, interdite. Elle me parlait d'un jeune « maître officiel » de l'avant-garde chinoise, dont la cote avait dépassé celle de Zao Wou-Ki à la dernière vente Christie's. Et le tableau qu'elle mentionnait avait été volé l'an dernier à Genève.

– Je l'ai déjà refait trois fois, pour le « second marché », a-t-elle dit en prenant la serviette que j'avais gardée à la main.

Elle a ôté la buée de la psyché, tout en enchaînant :

– Tu le donneras aux assurances, comme si on te

l'avait proposé à la vente. Il sera authentifié, fais-moi confiance. Ainsi tu toucheras la prime et tu auras de quoi racheter les parts de Marc, avant que son frère ne te force à vendre la galerie.

J'ai avalé ma salive. Etait-ce un jeu de rôle ou bien sa vraie nature, sa face cachée ? La faiseuse de *Jocondes* avait disparu. J'avais devant moi non plus une copiste à deux euros pièce, mais une faussaire au service des mafias de l'art contemporain. Pour dominer le vertige, j'ai feint de n'avoir retenu que la fin de sa déclaration.

– Marc t'a parlé de son frère ?

Elle a vérifié sa silhouette dans la glace. La robe immaculée semblait cousue sur elle.

– Oui, il m'a tout dit, a-t-elle répondu en enfilant des escarpins du même blanc. Vos années de lycée, le club théâtre, Jérôme qui essayait d'infiltrer votre bande, de te séduire en vain… Sa jalousie, ses intrigues, ses représailles. C'est un excellent avocat, d'après Marc. Il ne nous laissera rien.

Je me suis efforcée de ne pas relever le « nous ». Elle a enchaîné avec une légère correction d'assiette :

– Mais je me battrai avec vous et pour vous.

– De quelle manière ?

Elle m'a souri, elle a passé une main douce sur ma joue.

– Avec les armes d'une Chinoise et d'une femme aimée. Tu n'as aucune idée de la force qu'ont mise en moi les sentiments de Marc.

– Je commence à en avoir un aperçu…

– Tu n'as rien vu. On ne me vole pas mon rêve, Marlène. Et on ne touche pas à vous. Les Français ne comprendront jamais rien à la Chine tant qu'ils n'auront pas intégré une chose toute simple : chez nous, le sens pragmatique obéit au sens du sacré. Nous savons pourquoi nous travaillons. Moi, je travaille le bonheur. Avec les matériaux dont je dispose, sans les critiquer ni me révolter contre eux.

Son sang-froid m'a brusquement mis les nerfs en pelote. Avec une agressivité de victime, je lui ai jeté à la face :

– On parle de la mort de mon plus vieil ami, Yun. Tu es un peu triste, au moins, comme nous ?

– Je n'ai pas les moyens de l'être.

J'ai soutenu son regard où brillaient les décombres du rêve. Je commençais à comprendre les distances qu'elle prenait avec notre façon de réagir. Ce qui comptait pour elle, c'était de rester opérationnelle. Fourmi du bonheur au pays des cigales désenchantées, elle ne pouvait pas se permettre de nous laisser déteindre.

– La mort de Marc ne sera pas une fin, Marlène, mais un début. Si tu me laisses faire.

Son regard est tombé sur le papier à lettres de l'hôtel. Elle s'est emparée tout à coup du stylomine posé à côté du téléphone, s'est mise à dessiner. Vitesse et précision incroyables. J'ai vu naître sous ses doigts le crayonné de la *Petite fille aux nattes rouges*. Elle s'est arrêtée aussi brutalement qu'elle avait commencé, ragaillardie en quelques secondes. Ces traits sur le papier, c'était comme une ligne de coke.

Elle a froissé la feuille, l'a expédiée dans la corbeille.

– Nous y allons ?

Elle a pris son sac, jeté un regard panoramique à la chambre pour s'assurer qu'elle n'oubliait rien.

– Si tu n'y vois pas d'inconvénient, je continuerai pour vous à être la fiancée qui attend le retour de son amoureux en reportage.

– Tu es sûre ? Les autres n'en peuvent plus de te mentir.

– Au contraire. Je leur fais autant de bien, en les laissant se prendre à leur jeu, que je t'en ai fait en étant franche avec toi. Non ? J'insiste pour continuer, si tu m'y autorises.

– C'est ton histoire, Yun. C'est toi qui conduis.

– Merci. En tout cas, respectons l'illusion le temps du repas. Je m'en voudrais de nous couper l'appétit.

– La peau de ton ventre a faim ?

– Tu n'imagines pas à quel point. Je veux vous faire honneur, à tous.

Elle a tourné sur ses hauts talons, devant moi, gracieuse et grave.

– Comment me trouves-tu ?

J'ai souri à sa silhouette de dame des neiges. Je lui ai répondu qu'elle serait assortie à l'entrée : soufflé à la truffe blanche. Elle a soutenu mon regard, sans ciller, avec une déception qui s'est adoucie peu à peu. En prenant sa clé, elle a dit d'une voix soigneusement banale :

– Dans mon pays, le blanc est la couleur du deuil.

Le déjeuner fut un désastre. La beauté de la vaisselle, la qualité de la cuisine, la puissance des vins ne faisaient que renforcer l'absence de Marc. Il nous restait moins de trois heures avant d'affronter son cercueil et son frère. Un repas d'obsèques précédant l'enterrement, c'était déjà contre nature, mais le déguiser en banquet de bienvenue pour une fiancée qui feignait d'être dupe augmentait encore la tension au fil des minutes.

Chacun de nous luttait à sa manière contre le compte à rebours. Bany racontait le mariage de Costals dans *Les Jeunes Filles* de Montherlant. Lucas parlait de la succession du président Hu Jintao. Jean-Claude commentait le plat de résistance, galinette au pistou, expliquant à Yun pourquoi c'était le meilleur poisson de la Méditerranée, surtout servi avec des beignets de fleurs de courge, afin de l'initier à la gastronomie niçoise qui, malgré ses découvertes culinaires aux quatre coins du monde, demeurait la préférée de Marc. Déborah l'interrompait, parlant à sa nouvelle copine de chanteurs et de marques de pompes qui ne nous disaient rien. Yun connaissait, renchérissait, comme si elle avait potassé durant des semaines les références d'une ado parisienne.

Jean-Claude contemplait leur connivence avec une fierté de chef de famille. Il se mêlait à la discussion, s'intéressait, voulait tout savoir à présent de l'univers de sa fille, comme pour rattraper le temps qu'il avait gâché à pleurer sur sa femme. Son énergie de papa modèle était encore plus soûlante que la déprime de divorcé trompé qu'il nous infligeait depuis deux ans.

– L'un de vous a des nouvelles de Marc ?

Tout le monde s'est tourné vers Yun, qui avait lancé sa question en ouvrant son beignet de fleur de courge comme on désarête un poisson.

– Il n'y a pas de réseau, là où il est, a marmonné Lucas.

– Pour demain, il a prévu un programme précis ? Que faites-vous, d'habitude, le soir de Noël ?

Nos bruits de couverts ponctuaient le ronflement des flammes au gaz dans la cheminée.

– C'est qu'elle ne connaît même pas les maisons ! s'est exclamé Jean-Claude pour réchauffer l'atmosphère.

Il est allé chercher dans son appartement du grenier notre album de famille, qu'il a ouvert devant Yun comme on présente un menu. Villefranche le soir des quarante ans de Marc, l'avenue Junot le jour de l'acquisition, Chevreuse après et avant les travaux, l'hôtel Demarne dans tous ses états, de l'inauguration officielle à la dépose de la charpente... Yun tournait les pages à l'envers, remontant notre vie, nos vacances, nos amours, nos chantiers, pour en arriver au lycée Masséna, sur la scène du club théâtre où Marc nous avait distribués pour la première fois dans une pièce de Camus : *Les Justes.*

Elle s'est moquée de nos looks rebelles de classes préparatoires, puis a désigné, sur la page de garde, Jaja sortant de la mer au temps où elle ressemblait à une starlette américaine. Elle nous a demandé de lui raconter son histoire, la seule part de notre vie que Marc avait laissée dans l'ombre.

Intarissable, Jean-Claude lui a dépeint l'Algérie

de Janine Hessler, la mort qu'elle avait évitée de justesse, son rapatriement, sa folle histoire d'amour secrète avec le père des jumeaux, leur villa jaune au-dessus de la rade de Villefranche...

– C'est si important, pour Marc, qu'on se marie là-bas ?

– Evidemment ! s'est rengorgé Jean-Claude. C'est notre lieu magique, le départ de ce que nous avons construit... Quoi qu'il arrive dans nos vies, ç'a toujours été notre point de ralliement. Allez, on passe au château-de-bellet 2002, le plus grand cru des collines de Nice, production dérisoire et vinification de génie ! C'était le préféré de Marc.

L'imparfait a sonné le glas des réjouissances. Pour détourner l'attention de Yun, Lucas l'a branchée sur les JO de Pékin, puis il a embrayé, avec ses gros sabots, sur la censure Internet et les Droits de l'homme. Elle est restée vague, détachée, courtoise. A la fin de la bouteille, il l'a attaquée sur le Tibet. Elle a subi sans broncher l'invasion chinoise de 1950, le génocide, la destruction des monastères. Puis, à la dernière bouchée de son poisson, elle lui a rappelé d'une voix posée l'origine de la croix gammée, symbole sacré de bon augure en Inde, détourné et offert à Hitler par un moine tibétain.

Il a brisé son verre en le reposant.

– Tu n'es quand même pas en train de traiter les Tibétains de nazis ? Eux que ton pays torture, déporte, extermine...

– J'évite de généraliser, comme tu devrais le faire.

Lucas a quitté la table. Jean-Claude s'est levé pour le ramener, juste au moment où sa fille s'étranglait avec une arête. Il a lâché le fauteuil roulant pour courir aux toilettes avec Déborah.

Bany et moi sommes restés seuls avec Yun, dans un silence rythmé par les vomissements sporadiques de l'ado, que son père encourageait par des acclamations de supporter.

– Qu'est-ce que tu as raconté à Déborah, exactement ? s'est informé Bany avec curiosité, pour dédramatiser la sortie de Lucas.

– Que si elle voulait que ses parents ne se réconcilient jamais, a répondu Yun, elle devait changer de stratégie.

J'ai demandé :

– Et c'est quoi, la nouvelle stratégie ?

– Faire croire à son père que c'est sa mère qui l'avait obligée à mentir, pour toi et lui. Dis-moi, tu n'avais pas rendez-vous à la galerie ?

Prise de court, j'ai hoché la tête en m'essuyant la bouche. Elle a insisté :

– Nous y allons ?

J'ai consulté Bany du regard. La situation nous échappait, la désertion de Lucas avait cassé la dynamique de groupe. A mesure que l'échéance se précisait, nous perdions pied. J'en venais à penser que ce serait une erreur d'assister à la crémation. Un retour en arrière sans effet, un hommage dénué de sens, un affrontement stérile avec Jérôme. Nous devions nous résoudre à lui abandonner la dépouille et les cendres. Ce n'est pas au crématorium que Marc nous attendait. Notre avenir était ailleurs.

– Je vous dépose, a suggéré Bany en réponse à mon regard.

– On file aux urgences ! a décidé Jean-Claude en revenant dans le salon, soutenant sa fille livide.

– Ça va, pap, je l'ai avalée…

– On ne sait jamais où ça peut se loger. Clémence, appelez un taxi et le Pr Lachaux à la clinique Saint-Paul : je veux un scanner.

Lui aussi avait trouvé le prétexte idéal pour sécher les obsèques. Sur le seuil, il s'est retourné vers Yun.

– En dessert, je vous ai prévu tarte aux citrons

de Menton, sorbet garrigue ou crème brûlée à la lavande. Bonne fin d'appétit, pardon, je vous tiens au courant, à tout à l'heure.

On s'est regardés. Yun a couché ses couverts en travers de son assiette et s'est levée :

– Je monte prendre mon manteau.

Jean-Claude, le visage radieux, a cru un instant qu'elle voulait venir avec eux. Quand il a compris qu'elle m'accompagnait à la galerie, j'ai vu dans ses yeux le rêve déçu d'une famille recomposée autour d'un problème médical. Il est sorti la tête basse, en serrant l'épaule de sa fille.

*

Sur le trottoir, tandis que Bany allait chercher la voiture, Yun a observé Lucas en haut de la rue Cortot. Il moulinait des bras sur place, empêtré dans les congères. Sur un ton de conciliation, elle m'a dit :

– On pourrait le ramener chez lui, non ?

– Ça l'énerverait encore plus, il habite à cent mètres. Et il a ses pneus neige.

Elle a remis droit le col de ma veste en cuir, rajusté mon écharpe et m'a murmuré, les yeux dans les yeux :

– Pourquoi vous l'incinérez si tôt ?

J'ai répondu que c'était la décision de Jérôme : sans doute souhaitait-il rentrer le plus vite possible dans sa famille lyonnaise, pour fêter Noël tranquille avec ses quatre enfants.

– Et sa mère ?

– Ça fait dix ans qu'il veut la mettre en maison de retraite médicalisée. Marc s'y est toujours opposé. On s'occupait d'elle à tour de rôle, mais là... On n'a plus voix au chapitre.

– Tu crois que je dois être présente à la cérémonie ?

Je n'ai su que répondre. Je l'ai regardée boûtonner son manteau de velours zébré. Si cela ne tenait qu'à moi, on ferait toutes les deux la crémation buissonnière. A l'heure où des jet-setteurs d'avant-premières s'apitoieraient devant des flammes invisibles, on resterait elle et moi à la galerie, dans mon élément, ce décor de mes passions où Marc s'était tant investi. Sa mémoire, dans une heure et demie, ce serait là, quai Voltaire, que je lui rendrais hommage, au milieu des chefs-d'œuvre qu'il m'avait permis de réunir, d'exposer, de faire changer de mains.

– Tu crois que je dois être présente ? a-t-elle répété.

– Je ne pense pas que ce soit nécessaire.

– Il faut confirmer l'option, alors.

– L'option ?

– L'option que vous avez prise pour mon billet de retour. J'ai appelé China Airlines.

Le vent glacé a fait rouler vers nous une canette de bière dans le caniveau. Queen Mum est arrivée juste derrière, au pas, prenant toute la largeur de la rue, couinant sur les pavés disjoints.

– On ne sait plus trop où on en est, Yun...

– Moi non plus. Mais vous avez le choix. Ou vous me remettez dans l'avion demain matin, ou vous me tirez au sort.

J'ai frissonné. La même expression que Marc, avant-hier soir, au moment de répartir les témoins.

– Votre but, si j'ai bien compris, pour atténuer mon drame, c'était de me rendre amoureuse de l'un de vous. N'est-ce pas le contraire qui est en train de se produire ? Bany et Jean-Claude sont preneurs, tu as su te placer, et Lucas sera sur les rangs avant la fin de la nuit : j'y veillerai.

Je n'ai pas bronché. Tant de cynisme exprimé avec une voix si douce, c'était un tour de force qui n'était pas seulement dû à l'accent suisse. Et l'attaque était d'autant plus efficace que c'était notre propre tactique qu'elle reprenait à son compte.

La vieille auto s'est arrêtée, a reculé pour ménager l'ouverture des portières entre les créneaux de béton qui empêchaient de stationner sur le trottoir.

– Mais il y a une troisième solution, qui me permettrait de rester fidèle à Marc. Tu m'emploies à la galerie. Tu fais de moi une vraie peintre sous mon nom : tu me montres ce qui se vend en ce moment sur le marché français, je m'en inspire et tu me lances.

L'ongle de son index a dessiné un visage sur le dos de ma main.

– A moins que tu ne préfères exploiter en secret mes talents de faussaire, si tu les estimes plus rentables... Ça m'est égal. Inscris-moi dans un cadre : si je l'accepte, je deviens alors totalement docile et heureuse. A toi de voir avec ta conscience.

Une camionnette est arrivée derrière la Rolls, a klaxonné. Yun est montée à l'arrière et a refermé la portière, m'incitant clairement à m'asseoir à côté du chauffeur. Insensiblement, nous étions passés du statut de comité d'accueil au rôle d'exécutants de ses quatre volontés.

– Dans l'esprit de cet arrangement, a-t-elle poursuivi quand la voiture a redémarré, je pense que vous auriez tout à gagner si nous respections le désir de Marc.

Elle a sorti de son sac une enveloppe qu'elle m'a tendue. J'ai croisé le regard en alerte de Bany qui négociait le virage pour descendre la rue des Saules. C'était une copie du contrat de mariage que j'avais trouvé dans la boîte à gants.

– Il existe une façon et une seule d'appliquer l'article premier, a-t-elle enchaîné en mettant sous mon nez la page 2.

J'ai joué franc jeu ; j'ai dit à Yun que nous étions au courant, mais que légalement seul le président de la République pouvait accorder l'autorisation nécessaire.

– Je sais. Marc a beaucoup photographié sa femme, n'est-ce pas ? C'est à elle qu'il faudrait demander. Je pense qu'elle sera là, à dix-sept heures, ou qu'au moins elle enverra une personne importante pour la représenter.

Banyuls a arrêté la voiture au coin de la rue Saint-Vincent. Il s'est retourné vers elle, bouleversé par ce qu'impliquait sa dernière phrase. Non seulement elle nous avait menés en bateau pour nous aider à tenir notre cap, mais sa stratégie de sauvetage était calquée sur la nôtre. Il ne lui a pas demandé de quelle manière elle avait appris le décès. Il lui a simplement présenté ses excuses pour le mensonge dans lequel on s'était enferrés depuis ce matin.

– Elles n'ont pas lieu d'être, Bany, a-t-elle répondu avec la bienveillance d'une patronne qui refuse la démission de son bras droit. Jean Cocteau a écrit : « Je suis un mensonge qui dit la vérité. » Vous m'avez offert le plus beau des cadeaux de mariage, par le mal que vous vous êtes donné. Et ce n'est pas terminé, je le sais.

Elle s'est laissée aller au fond de la banquette, a ôté ses chaussures, étendu ses jambes sur le cuir fauve, et calé sa tête sous le petit miroir de courtoisie cerclé d'acajou.

– J'ai la tête qui tourne, avec tout ce vin blanc. Vous me réveillez quai Voltaire ?

*

Bany nous a déposées devant la galerie, puis il a continué le long de la Seine. Yun s'étirait en regardant ma vitrine, où j'exposais la peintre contemporaine sur laquelle je misais le plus en ce moment :

Soÿ. Je venais de lui décrocher la Biennale de Venise, sa cote s'envolait depuis six mois et bientôt elle n'aurait plus besoin de moi.

J'ai poussé la porte, j'ai dit à Fernando qu'il pouvait aller déjeuner. Avec un soupir exténué, il a attrapé sa gibecière Hermès, m'a signifié qu'il avait encore reçu une offre à soixante mille pour le Claire Damms, que *L'Escalier* de Jean-François Farion resterait à Beaubourg et que le Jackson Pollock d'Atlanta nous était passé sous le nez. Puis, à court de mauvaises nouvelles, il s'est déhanché sur le quai vers son restaurant végétarien.

J'observais Yun, en arrêt devant mon Soÿ préféré. un homme en méditation, l'air lucide et harmonieux, un crucifix à la place du sexe. Elle le contemplait comme on absorbe une série d'informations. Son regard scannait, ses narines identifiaient le vernis, son doigt mémorisait la texture et le travail de la pâte. C'était la plus productive de mes artistes sous contrat ; cet examen préliminaire ne s'imposait guère. J'ai pris la Shanghaïenne sous le bras et l'ai emmenée face à mon crève-cœur : le dernier Claire Damms que je ne pouvais me résoudre à vendre. Un cadavre de sirène à demi dévoré sur une plage.

Le visage de Yun s'est assombri et sa respiration s'est accélérée, comme si elle captait la souffrance de mon amie à travers son œuvre ultime.

– Qu'en penses-tu ?

– Je ne porte jamais de jugement, Marlène. J'assimile et je recrée, c'est tout. *Sirène,* 2007. Tu veux que je t'en fasse une copie ?

– Non.

J'ai donné un tour de clé à la porte de la galerie, j'ai descendu l'escalier en colimaçon qui menait au coffre, et j'ai remonté *La Mante,* 2004. En silence, Yun a dévisagé mon portrait en femme-insecte, sur la toile lacérée de dix coups de couteau. Le tableau n'était pas restaurable ; les points de suture auraient dénaturé mon regard, mon sourire de confiance, ma détresse. Tout l'amour clairvoyant avec lequel la peintre avait traduit mon âme.

– Il te faudrait combien de temps ?

– Je ne sais jamais, la première fois. Ça dépend du nombre d'esquisses. Tant que je n'ai pas retrouvé le trait initial ni compris l'angle d'attaque, je reste à l'extérieur.

– Viens.

Le tableau sous le bras, je l'ai conduite au premier, dans les trois pièces en enfilade donnant sur la Seine qui, pendant six ans, avaient servi d'atelier à Claire. Tout était resté en l'état. On ne venait jamais, on dormait au-dessus.

Je lui ai montré les casiers où s'entassaient les toiles vierges.

– Choisis le format qui te convient. Il me faut du fidèle, pas de l'identique. C'est juste pour moi.

Elle est allée prendre un châssis 70 × 100 au fond déjà préparé. Elle l'a calé sur le chevalet. Elle a inspecté les pinceaux dans les verres, les brosses neuves entassées dans une auge. Puis elle s'est replongée dans *La Mante.* J'ai revu la violence de Claire, l'an dernier, la folie dans ses yeux fixes en manque de crack. Ses coups de lame dans la toile, devant moi, comme si elle me tuait par procuration. Regarde ce que je fais de toi, de ton amour, de ton aide, du talent que tu exploites, quitte-moi, fous-moi la paix, laisse-moi crever... Sa période térébenthine et terre de Sienne, où elle avalait ce avec quoi elle n'arrivait plus à peindre.

J'ai oublié Marc, soudain, j'ai oublié l'avenir, j'ai oublié la réalité en dehors de la toile en cours. Yun avait trouvé dans un tiroir les pastels gras qui avaient servi de base à *La Mante.* Je me suis vue prendre corps peu à peu sous ses doigts, comme si je renaissais dans le regard de Claire. Comme si la vision de cette étrangère, son empathie et sa technique me restituaient l'amour auquel je n'avais plus droit.

Lentement j'ai reculé, j'ai laissé la jeune fille me redonner vie, oscillant du regard et des doigts entre ces deux versions de moi, l'originale détruite et sa réplique en devenir. Elle transférait les données de l'une à l'autre, et je n'existais plus en dehors de ce transfert.

– Je peux rester seule, Marlène ?

Sur la pointe des pieds, je suis montée au second. J'ai ôté ma veste et mes boots, dénoué mon écharpe. J'ai enlevé mon jean, mon pull, mes sous-vêtements. J'ai regardé dans la glace cette nudité qui ne servait plus à rien, ces formes qui survivaient en pure perte à la quarantaine, aux pâtisseries, au désespoir, aux fausses joies par lesquelles je donnais le change. Ma vie de femme était finie, je l'avais décidé pour être enfin zen, et même cette résolution qui m'avait sauvée me tombait du cœur, à présent.

Je me suis allongée contre le corps de Claire, ses trente-cinq kilos englués dans le pseudo-sommeil des calmants. Son seul moyen de lutter contre la drogue. Un remède encore plus pervers que le mal ; une dépendance de plus, et l'apathie en prime.

Mon amour, mon espoir, ma fierté. Un légume.

J'ai fermé les yeux et je me suis caressée de sa part, comme si elle me voyait encore. Mais c'est l'image de la petite fourmi d'en bas qui s'est substituée à la sienne. La petite faussaire qui était peut-être en train de me rendre à moi-même, sur la toile comme à la ville… Je n'étais plus à une illusion près. « C'est quand on a tout perdu qu'on se retrouve. » Tu parles. C'est quand on croit avoir retrouvé une raison de vivre qu'on risque le plus de se perdre. Mais j'irai jusqu'au bout.

III

Jean-Claude Chagnot

Je n'ai jamais été aussi heureux de ma vie. Et c'est un petit mot. Assis dans une salle d'attente aux néons crus, entre deux cancers et trois accidents de la route, j'avale mon sourire pour ne pas être indécent.

A nos débuts, Judith trouvait que je ressemblais à Paul Newman, en plus petit. Aujourd'hui, elle dit que je lui rappelle George Bush. Moi qui éteins la lumière, depuis vingt-six mois, pour ne plus me voir quand je lui fais l'amour en pensée, voilà que j'ai soudain oublié jusqu'au moindre complexe. En m'observant dans la glace de la clinique, je me suis trouvé beau. Ténébreux. Intelligent. Le regard de Yun m'a ramené quinze ans en arrière, avant que l'érotisme obsédant de Judith ne supplante dans mon échelle des valeurs la philosophie de Schopenhauer. Je viens de retrouver la pureté incandescente de ma jeunesse. Le pessimisme en moins.

Marc avait raison : cette fille est magique. MAGIQUE. Quand je pense que j'ai employé douze mille fois cet adjectif pour ce réfrigérateur moral qu'est Judith... Quel aveugle j'étais. Mais tant qu'on n'a connu qu'un seul amour sur terre, on ne sait pas ce qu'est le bonheur : on se contente de ce qu'on mange. Quitte à crever d'inanition quand on ne vous nourrit plus. Ah, c'est bien fini, tout ça ! J'ai rouvert les yeux, il fait jour, et j'ai terriblement faim. D'amour, d'élévation, de gentillesse, d'authenticité, de partage. Yun-Xiang. Mon nuage de beau temps. Mon cumulus.

Déborah est en train de passer son scanner, mais le médecin m'a déjà rassuré tout en me félicitant : avec les tonnes de mie de pain que je lui ai fait ingurgiter, elle n'a rien à craindre de son arête. D'ailleurs la galinette, c'est beaucoup moins perforant que le rouget. Là aussi, j'ai fait le bon choix. Après m'être dévalué avec acharnement durant deux ans, je n'en finis plus de trouver grâce à mes yeux. C'est tout de même très agréable. Mais j'ai feint l'affolement pour pouvoir quitter l'étouffoir du déjeuner sans paraître impoli ni suspect. Bany,

Lucas et Marlène ont très bien capté qu'il y avait anguille sous roche entre Yun et moi. Même si, je dois le reconnaître, elle joue très bien les innocentes, j'avais un mal de chien en ce qui me concerne à ne pas faire éclater mon bonheur. Sacré Marc ! Même mort, il réussit à me surprendre. A bouleverser mon destin avec ses cadeaux. Tout ce que j'espère, c'est que celui-là, au moins, ne sera pas empoisonné.

Ça y est : j'ai eu tort de penser à Marc. Ça me ramène à tout ce que la réalité a d'angoissant, en dehors de Yun. La passion, hélas, n'empêche pas la pension. Comment vais-je faire, si je me retrouve sans salaire ni logement de fonction, pour filer mille quatre cents euros par mois à l'autre ordure ? Sans compter les frais d'avocat : je compte bien obtenir la révision du divorce, après le tour ignoble qu'elle nous a joué. Heureusement que Yun a persuadé la petite de me dire enfin la vérité ! Judith a failli me vitrifier en tant qu'homme ; elle aurait laissé la haine injuste me détruire en tant que père.

Mais il y a plus extraordinaire encore que la révélation de son infamie : ce sont les circonstances dans lesquelles cela s'est produit. Tout a commencé chez Cartier, quand mon ex-femme a montré à

Yun les différentes bagues sélectionnées par Marc. J'étais mort d'angoisse à l'idée que Judith, malgré mes recommandations, lui révèle son deuil par une gaffe, mais elle s'est contentée de lui conseiller la pierre la plus chère. Après avoir répondu qu'elle verrait avec Marc, à son retour d'Afghanistan, Yun s'est intéressée aux pieds de ma fille, lui déconseillant de rester trop longtemps en bottes de cheval : danger d'affaissement de la cambrure. Elles ont sympathisé, tandis que Judith et moi nous disputions autour de la facture du club hippique. En vraie petite séductrice en herbe, Déborah s'est scotchée illico à sa nouvelle copine, qui, pour la consoler d'avoir manqué le début de son stage, lui a proposé de venir faire du shopping avec nous.

Lucas, aussi allergique aux enfants qu'aux Chinois, a prétexté une obligation pour nous fausser compagnie jusqu'au déjeuner, et on s'est retrouvés tous les trois chez Prada. Yun a choisi ses chaussures en cinq minutes, pendant que je téléphonais à mon comptable, mais ma fille était beaucoup plus longue. Alors, sans me demander mon avis, Yun l'a confiée à la vendeuse pour m'entraîner dans la boutique suivante. Et c'est là que mon destin a basculé.

Tout en décrochant un assortiment de sous-vêtements, elle m'a rapporté les confidences de Déborah : c'est sa mère qui l'avait obligée à inventer, dans l'intérêt du divorce, qu'elle m'avait vu embrasser Marlène sur la bouche. Coincée entre ses remords et ma rancune – qu'elle comprenait très bien mais dont elle souffrait atrocement –, la petite n'osait pas me dire la vérité par crainte que je la déteste encore plus. Yun lui a proposé d'agir en médiatrice.

Ma vie aurait dû s'effondrer. Au lieu de quoi tout rentrait dans l'ordre, par la magie de cette fée Casque bleu qui, en quelques minutes, venait non seulement de me rendre mon amour pour ma fille, mais de me donner une vraie raison de haïr sa mère. Enfin j'allais sortir de cette cristallisation sans espoir, cette fuite en arrière qui me rongeait les nerfs.

Yun me conseillait la mansuétude et la restauration de l'harmonie, tandis qu'elle enfilait culottes et bretelles sur son bras tendu pour essayer de choisir.

– Ça ne t'ennuie pas de me conseiller à ton tour, Jean-Claude ? Tu dois connaître les goûts de Marc.

Je n'ai pas démenti. En m'efforçant d'être aussi

naturel qu'impartial, comme si j'avais fait ça toute ma vie, j'ai comparé bonnet dentelle et balconnet en maille viscose, caraco brodé sur tulle et body en lycra pailleté, string ficelle et shorty en stretch, l'aidant à choisir les panoplies qui exciteraient le plus son futur époux. Autant que faire se peut, je chassais de ma tête l'image de mon pote carbonisé dans son cercueil, pour lui prêter des préférences et des fantasmes issus des miens.

De fil en aiguille, dans la cabine surchauffée où j'enchaînais les allers-retours à chaque essayage, l'excitation supposée de Marc est devenue la mienne et s'est transmise à Yun. Jouant *Cyrano* version lingerie, je parlais au nom de Christian en émoustillant Roxane, et ses doigts ont fini par effleurer mon érection. Jamais je n'aurais imaginé, moi qui ai brûlé les planches du théâtre amateur pendant toute la durée de mes études, que je tiendrais le plus beau rôle de ma vie sur une scène de deux mètres carrés.

– Pardon de te demander ça, Jean-Claude, m'a-t-elle murmuré au creux de l'oreille, mais puisque nous parlons de ses préférences… Il y en a une où je suis très débutante, il a eu l'élégance de ne pas me le dire, mais j'ai bien senti qu'il était déçu.

J'ai dit « ah », comme un con, faute de mieux. Mais c'était moins nul que la première formule qui m'était venue en tête, par déformation professionnelle : « A votre service. »

– Cher Jean-Claude, en tout bien tout honneur… Pourrais-tu m'expliquer comment on fellationne ?

C'était la première faute de français que j'entendais dans sa bouche. J'ai laissé dire, mais comment faire ? Expliquer ce genre de choses « en tout bien tout honneur », dans l'état où j'étais, relevait du pur masochisme.

– Tu veux que je t'explique en général ?

– Fais-moi passer un test. Mais promets-moi d'être franc.

J'ai promis. Avec un frisson de jubilation, j'ai pensé à mes amis. J'étais désolé pour eux, mais quel bonheur qu'elle m'ait choisi comme brouillon. Toutefois, j'ai cru bon de m'assurer qu'il n'y avait pas de méprise :

– Tu veux dire… ici ?

– Je préfère un lieu public, oui. Par rapport à Marc.

J'ai acquiescé, en essayant de comprendre ce qu'elle entendait par là. Le souci du qu'en-dira-t-on, si nous allions dans un lieu plus discret ? Sa conception de la pudeur était assez particulière. Elle a néanmoins fermé les yeux avant de s'agenouiller. Mais elle s'est relevée tout de suite, en désignant la porte de la cabine qui s'arrêtait à trente centimètres du sol. Elle a chuchoté :

– Plutôt que je descende, je crois qu'il vaudrait mieux que tu montes.

Elle désignait le banc sous le miroir. Pas contrariant, j'ai grimpé au milieu des culottes et des nuisettes équipées d'antivols. Là, c'est ma tête qui dépassait des cloisons. J'ai beau ne pas être très grand, j'ai dû me tasser en écartant les jambes, ce qui n'était pas bien sexy ni vraiment confortable, mais renforçait l'impression de donner un cours magistral. Et, de fait, il y avait du travail.

J'ai commencé par lui suggérer de rentrer les dents. Pauvre Marc. Evidemment, là où il était, ça n'avait plus trop d'importance, mais j'avais un aperçu du calvaire que, stoïque et poli, cet homme aux mille et une femmes avait enduré en Chine. Cela dit, elle se corrigeait vite et révélait plutôt de bonnes dispositions, dès lors qu'on lui prodiguait certains conseils d'usage : on ne souffle pas comme dans un alcootest, et on n'accélère pas comme sur le guidon d'une mob. J'ai placé sa respiration, délié sa langue. Je l'ai remise dans l'axe, je lui ai donné le rythme avec la pression de mes doigts sur sa nuque ; je lui ai appris à réguler sa vitesse et à ménager le frein.

Après quelques derniers ajustements, et sur un ton aussi impersonnel que possible, je lui ai murmuré que Marc serait enchanté de ses progrès.

– Il aime qu'on aille plus loin ?

Elle avait rouvert les yeux pour me poser la question. Son visage à fleur de gland exprimait une réelle inquiétude. Du coup la tentation est redevenue un cas de conscience. Je ne pouvais pas faire ça à Marc. D'un autre côté, au point où nous étions rendus, j'aurais été fou de sacrifier mon plaisir à un scrupule judéo-chrétien, moi qui suis agnostique. Et puis l'anxiété qu'elle exprimait était moins d'ordre moral que pratique : c'était le souci du travail bien fait. Je n'allais pas la laisser en plan, dans l'intérêt de son couple. Il serait bien temps pour elle d'allumer d'autres cierges en pleurant sur Marc ; c'était son plaisir à lui qu'elle cherchait à travers moi, et je me devais d'être à la hauteur. J'ai répondu :

– Il aime bien, oui.

Elle m'a remis en bouche en refermant les yeux.

Je me sentais délicieusement immonde ; ça ne faisait de mal à personne et ça me vengeait du reste. La machination scandaleuse de Judith, ma pauvre Déborah obligée de mentir pour une pension alimentaire, la mort de mon pote, la perte annoncée de mon job et de mon logement de fonction…

– Merci, Jean-Claude.

Elle m'a remis dans mon slip. J'ai repris mon souffle, pantelant, adossé à la cloison instable. C'est la première fois qu'une fille m'avale et me remercie. On a raison de dire que la vie commence à quarante ans.

Mais la réalité m'est retombée dessus tandis qu'elle m'aidait à descendre du banc. La tentation aveugle avait laissé place à cette angoisse en creux que je connais si bien. Le doute schopenhauerien. La peur de rompre le charme malgré moi si je me retiens d'envisager le pire.

– Yun… peut-être que dans quelque temps tu vas me reprocher ce qui vient de se passer…

– Jamais ! Je te l'ai demandé comme un service, tu as été franc et je t'en suis reconnaissante.

Je n'ai pas pu m'empêcher de répondre, dans un réflexe d'hôtelier, que tout le plaisir était pour moi.

– Tu n'en sais rien, a-t-elle dit en baissant les yeux.

J'ai piqué un fard. Elle a dissipé tout de suite l'ambiguïté :

– Ecoute, Jean-Claude, je ne veux pas perdre Marc. Je sais bien qu'aucune femme ne l'a jamais retenu plus de huit jours. Moi je ferai tout pour qu'il ne se lasse pas, je ferai tout pour le garder. Y compris l'imiter, s'il le faut : être avec les hommes comme il est avec les femmes. Ma seule chance de durer, c'est de le rendre jaloux. Non ?

Je ne l'ai pas contredite, tout en m'efforçant de conserver un air surpris, pour éviter qu'elle soupçonne Bany d'avoir trahi ses confidences du Train fantôme. Visiblement, elle cloisonnait ses rapports avec nous en s'adaptant à la personnalité de chacun, et le rôle qu'elle m'avait distribué me convenait à merveille.

La vendeuse a toqué à la porte de la cabine, en demandant sur un ton relativement aimable si nous voulions essayer autre chose. Je suis sorti le premier en disant que c'était parfait : nous prenions tout. La caissière a repoussé mon American Express. Quand elle m'a rappelé que c'était préréglé par M. Hessler, j'ai ressenti malgré moi un pincement de honte, aussitôt suivi d'un grand coup de blues. Le moral est revenu lorsqu'elle m'a dit qu'il me restait un avoir.

*

– C'est bon, pap, no blème.

Je regarde ma fille dont j'avais brièvement oublié l'existence, et qui revient du scanner en mâchant un chewing-gum. Je me répète sa phrase pour y trouver un sens, je fais ah oui super, et je la suis hors de la clinique en me demandant ce que je vais faire d'elle, à présent. Miracle : elle paraît lire dans mes pensées.

– T'sais, pap, je peux aller au cheval en RER. On n'est pas obligés de le dire à mam.

Effectivement, notre nouvelle connivence sur le dos de sa mère autorise ce genre de liberté. Mais je préfère lui donner cent euros pour un taxi.

– Cool ! Comme ça tu peux retourner avec Yun.

Je n'essaie même pas de nier. Quand on est allés la récupérer au milieu de ses chaussures, ce matin, en sortant des Nuits d'Elise, elle nous a dévisagés avec un sourire arrondi, le regard en coin : un air de femme qui m'a fait prendre dix ans. Et lorsqu'on a retrouvé les autres à l'hôtel, pendant le déjeuner, elle a joué à la petite fille pour protéger le secret de son papa.

– Vous allez coucher ?

Je la regarde en fendant la cohue du trottoir, un peu choqué par cette expression dans sa bouche.

– T'inquiète, je dirai rien à mam. Mais je te signale qu'elle, avec son nouveau mec, ça le fait.

– Et alors ?

Elle me répond que j'ai bien le droit de m'éclater moi aussi, que c'est une bombe atomique mais que j'ai intérêt à urger mon plan drague, parce qu'elle ne va pas rester longtemps sur le marché. Je la serre contre moi en l'embrassant sur le front. Je lui dis :

– Je t'adore.

– Attends, je me mets à sa place. Même pas veuve, c'est juste l'horreur.

Je lui choisis un Taxi Vert propre avec un chauffeur femme, je range dans le coffre son sac rando d'où dépassent sa cravache et ses bottes, et j'agite la main en lui souhaitant bon stage. Le premier Noël sans nous. L'an dernier, c'était sa mère le 24 et moi le 25 ; on lui avait acheté sans se concerter le même ordinateur, et elle avait trouvé ça tellement nul que, cette année, elle s'est réservé de notre part sur Internet huit jours à cheval et huit jours au ski.

Je respire un grand coup au milieu des embouteillages du boulevard. Seize heures quarante-cinq. En métro, j'arriverai peut-être à temps pour la crémation. Je suis un homme neuf, j'ai retrouvé mon amour-propre, l'amour tout court et ma fille : je n'ai plus peur d'affronter Jérôme. Quels que soient ses vieux griefs d'adolescence, mon bilan parle pour moi. 98 % de taux de remplissage, 100 % de satisfaction, 20 % d'augmentation des bénéfices à chaque exercice, clientèle américaine et japonaise réservant d'un an sur l'autre, Clé d'or des Relais de charme et une étoile au Michelin. J'ai le dossier sur moi.

*

En attendant la rame au bout du quai, j'appelle Marlène pour la rassurer sur l'arête. Elle ne voit pas de quoi je parle. Apparemment, je la dérange. Je lui demande si elle est avec Yun. Elle chuchote en guise de réponse :

– Elle préfère qu'on reste ici, par rapport à Jérôme. Tu es déjà sur place ?

Mon cœur s'arrête.

– Attends... Tu lui as dit la vérité, ça y est ? L'accident, la crémation... ? Comment elle a réagi ?

– Ça va. Je ne peux pas te parler, là. Rejoins-nous après. Je m'occupe d'elle, ne t'inquiète pas.

Elle raccroche. J'ai un mauvais pressentiment. Une oppression dans la poitrine, la gorge serrée, les yeux qui piquent. Les portes se referment devant mon nez, je regarde la rame emporter des têtes de plus en plus floues. La jalousie est revenue. Celle qui me torture depuis deux ans chaque fois qu'à Vincennes, en raccompagnant Déborah, je vais à la salle de bains compter les préservatifs de sa mère. Cette jalousie dont je croyais m'être débarrassé à jamais depuis midi, et qui revient me broyer avec encore plus de force. Parce que là, tout à coup, je crois bien que je suis jaloux de deux femmes en même temps.

Le crématorium affiche complet. Ils ont installé un écran dans le hall, pour les non-inscrits. Je viens de découvrir, atterré, que c'est mon cas. Le vigile des pompes funèbres fait la sourde oreille, en désignant sa liste où je ne figure pas. Trente euros glissés dans sa poche réparent l'omission, et je me faufile avec une demi-heure de retard dans la salle de recueillement où un Schumann sirupeux dégouline des enceintes. Débile, comme choix. C'est bien du Jérôme. Son frère n'écoutait que Madonna, Amy Winehouse et Wagner.

Des tas de people occupent l'espace entre les caméras de Canal +, France 3 Ile-de-France et Fashion-TV En revanche, je ne vois pas le cercueil. Ils ont déjà dû le mettre au four. Je m'assieds sur la feuille marquée « Mlle Adjani », qui a dû avoir un empêchement, et j'écoute le maire d'arrondissement qui entame un hommage au micro. Je ne vois rien, à cause de la rangée de top models qui bouche l'horizon devant moi.

L'agacement me gagne au fil des platitudes qui grésillent entre deux larsens. Ces obsèques reflètent bien la place que je tenais dans la vie de Marc. L'éternel second, l'indispensable exécutant des coulisses qu'on oublie d'inviter aux premières. Toujours dans l'ombre, toujours redevable, et corvéable à merci. Comme avec Judith. C'est bien ma faute, aussi. Ce besoin de me raccrocher à des valeurs surestimées, des dominants virtuels qui ne méritaient pas ma soumission, je le savais, alors je me sentais supérieur, je me croyais protégé, je me trouvais nécessaire. Je m'érigeais en pilier de soutènement, alors qu'ils ne faisaient que soulager leur ego sur moi. J'étais juste là pour combler leurs manques, adoucir leurs aigreurs ou leur culpabilité, avaler leurs couleuvres. Compenser la frustration castratrice de Judith, qui ne pardonnera jamais aux hommes que son père ait épousé une goy. Et compenser la chance imméritée dont Marc se sentait affligé ; cette conscience d'un succès abusif qui l'amenait à jouer les Pygmalion pour se redonner bonne conscience.

Mais je n'avais rien demandé, moi ! J'avais d'autres rêves que les leurs, d'autres destins en tête. Ce n'est pas parce que mon père était cuisinier à l'Hôtel de la Rade où la mère de Marc était réceptionniste que, fatalement, la réussite pour moi consistait à diriger un palace ! Vingt ans de responsabilités matérielles, moi qui étais un pur esprit. Treize ans de shabbats et de judaïsme en cours du soir, à faire semblant de croire en Dieu par amour conjugal.

Heureusement c'est fini, tout ça, grâce à Yun qui m'a rendu ma lucidité, mon honneur, ma virilité et ma fille. Je vais lui demander sa main ; ma décision est prise. Il faudra juste trouver un quatrième témoin. Je proposerai à l'actrice sur qui je suis assis, tiens. Elle ne jurait que par Marc, et ça nous vaudra deux doubles pages dans *Match* sur la grande fête que je donnerai à l'hôtel.

Quoique… Si Jérôme me vire, je ne vais pas lui faire de la pub. Il faudrait que je me décide à penser à moi. Que je monte ma propre affaire. Que je m'expatrie en Chine, pourquoi pas ? Avec Yun, je me sens capable de tout recommencer à l'autre bout du monde. Ou alors je rachète le Tong-Yen, rue Jean-Mermoz, ce qui nous permettrait d'élever plus facilement ma fille à mi-temps. J'ai une telle envie d'harmonie, tout à coup. Vivre une passion folle et raisonnée avec une femme pure à qui j'aurais appris l'amour... Mais comment faire, financièrement ?

Je me redresse sur ma chaise, croise les jambes, change de fesse, regarde les célébrités qui bâillent à la mémoire de Marc. A présent, c'est l'éditeur de *Femmes du monde*, son recueil de photos à trois millions d'exemplaires, qui prononce l'éloge funèbre. « Cet inconditionnel du genre humain, qui savait capter les âmes au-delà des apparences. » C'est ça. Pour en faire de la chair à papier.

Dès le lycée j'ai pris la mauvaise route. A cause de l'« inconditionnel du genre humain », qui m'a arraché à ma vocation de prof de philo en décidant que je n'étais pas un intellectuel, mais un gestionnaire. J'aurais fait n'importe quoi pour lui piquer Marlène, à l'époque. Je l'ai fait. Je suis devenu régisseur de leur troupe amateur, puis administrateur de leurs tournées et du café-théâtre qu'ils avaient créé dans le Vieux Nice. Ensuite, quand Marc s'est mis à gagner des fortunes avec ses photos, il nous a tous délocalisés à Paris et je me suis retrouvé à la tête de son foutu hôtel, qui a pompé toute mon énergie, mon temps et mes nerfs pour qu'aujourd'hui le seul bénéficiaire en soit son frère.

Quel gâchis, ma vie. Tout ce qui reste de mes dix-huit ans, c'est le pessimisme de Schopenhauer, dont l'expérience n'a cessé de me confirmer le bien-fondé, sans qu'il me soit d'aucun secours. Si encore je ne m'étais pas épuisé à l'étudier pour rien, j'aurais pu subir les désillusions sans connaissance de cause. Je me demande si Marc n'aurait pas fini par m'entraîner dans sa tombe, sans ce coup de foudre inespéré entre sa fiancée et moi.

La salle de recueillement se tamise. On nous passe un diaporama de ses plus fameux clichés. Ça applaudit dans le fond. Surtout les vieilles stars mortes et les jeunes anonymes saisies sur le vif des bidonvilles, des tsunamis, des bars à putes et des lapidations religieuses. Qu'est-ce que Jérôme a prévu, ensuite ? Une vente aux enchères ? Un karaoké ? Il faut quatre-vingts minutes pour brûler Marc, je me suis renseigné. Une minute par kilo, plus une demi-heure de refroidissement avant la livraison des cendres. Tout le temps d'organiser une tombola, au profit de ces visages inconnus dont la misère a dégagé tant de bénéfices.

Je suis amer, je sais, mais ce n'est plus qu'un

réflexe. Je vais me reprendre en main. Toute cette rancœur que j'assume autant que j'en ai honte – parce que, vu de l'extérieur, je suis un privilégié sans diplôme universitaire à cinq mille euros brut par mois – j'en serai bientôt doublement délivré. Délivré de la rancœur et délivré de la honte. Place au neuf. A l'avenir, à l'optimisme, à l'amour, à la famille que je vais recomposer. J'ai des ailes de géant, à nouveau, comme à dix-huit ans, mais elles ne m'empêcheront plus de marcher.

L'accordéon me réveille en sursaut. La reprise du *P'tit vin blanc* par Patrick Bruel, que j'ai attribuée à Banyuls dans mon menu sonneries. Je décroche en me retournant. La salle est vide. Ils sont partis sans me prévenir.

– Ben, t'es où ? Je suis garé devant, je t'ai pas vu sortir.

Je m'arrache à la chaise en regardant l'heure, consterné. Je lui bredouille de venir me rejoindre à l'intérieur, je raccroche et mets le portable en mode vibreur. J'imagine ce que les gens ont dû penser de moi, Jérôme le premier. Moi qui étais venu défendre mon bilan, prouver mes compétences d'hôtelier. Je me suis foutu un lumbago, en plus.

J'arrache le « Mlle Adjani » collé à mes fesses et je me hâte vers la sortie, la main sur les reins. Dans le hall, un grand Beur passe la serpillière avec son MP3, tout en mangeant du pop-corn. Je lui demande si la famille est restée pour attendre l'urne. Il ôte son écouteur gauche, avale sa bouchée, me désigne la porte du fond. Par-dessus la retransmission d'un match de tennis, il m'indique gentiment, comme pour me déculpabiliser, que chacun réagit comme il peut en face de la mort. Lui, les crémations, ça le creuse.

Je le remercie, et me dirige vers la porte vitrée occultée par une tenture bordeaux où je me recoiffe en transparence. Courage. Après tout, dans la cohue, les serrements de mains et la surenchère des condoléances, mon somme nerveux a très bien pu passer inaperçu. Je sors de la poche intérieure de mon loden l'enveloppe contenant mon bilan et mes projections de bénéfices, pour me redonner du cœur au ventre. Et j'appuie sur le bouton qui ouvre la porte avec un léger bourdonnement.

Dans la pièce aux veilleuses qui se reflètent sur les carafes d'orangeade, Jérôme fait les cent pas avec son oreillette Bluetooth en discutant commission rogatoire et levée d'immunité parlementaire.

Posée sur un canapé Second Empire à côté de son auxiliaire de vie, Jaja fixe un point dans le vide en fredonnant le générique des *Feux de l'amour.* Elle est magnifique dans son duffle-coat, rose à joues et sourcils dessinés au crayon, la permanente impeccable, l'air d'une petite fille oubliée dans un corps de vieille dame. C'est la personne que j'ai aimée le plus longtemps dans ma vie, finalement, depuis que mes parents se sont tués en rafting pendant que je passais le bac. J'aurais fait un bon prof de philo, quand même... Réussir un œdipe sur la mère d'un autre. Je me retiens d'aller l'embrasser – mieux vaut éviter de braquer Jérôme d'entrée de jeu.

– Envoyez-moi la jurisprudence par mail, dit-il en raccrochant, tourné vers moi. Bien dormi ?

Je recroqueville les orteils dans mes Weston. C'est fou ce qu'il ressemble à Marc, tout en étant moralement son contraire absolu. Au fil des ans et des épreuves de force, ce vrai jumeau est devenu de plus en plus faux.

– Je suis désolé, Jérôme, mais je n'ai pas fermé l'œil depuis le drame.

– Et moi, tu crois que je fais la grasse matinée ? Bien. Merci de tes condoléances, le notaire t'appellera la semaine prochaine.

Je me dandine, les doigts crispés sur mon enveloppe, lui demande l'autorisation d'embrasser Jaja.

– Inutile de la perturber, elle n'a reconnu personne. Elle ne sait même pas ce qui se passe ni où elle est. Je n'aurais jamais dû l'emmener. C'est pour moi ?

Il me prend des mains l'enveloppe que je venais de renoncer à lui donner, vu son hostilité. Il l'ouvre, hausse un sourcil, feuillette le document d'un doigt précis, le replie et me le rend. Son visage n'exprime rien de plus que la justification de ses griefs.

– Tu as le front de venir parler affaires aux obsèques de ton ami, alors que ses cendres sont encore chaudes. Décidément, votre indécence n'aura jamais connu de limites.

Je suis la direction de son regard. Bany est entré, les mains dans le dos, casquette sous le coude. Il file droit sur Jaja, qui lui rend ses bises sans le regarder.

– J'étais avec toi par la pensée, ma Jaja. Barreau-de-Lyon m'a fait comprendre que je n'étais pas le bienvenu.

Elle ne réagit pas au surnom qu'elle donne à Jérôme depuis ses premières vacances d'avocat, lorsqu'il se présentait dans tout Villefranche comme « Maître Hessler-Fayolle du Barreau de

Lyon ». De nous quatre, Bany est le seul qui s'obstine à lui parler toujours comme avant son alzheimer, au cas où. De même qu'il était le seul à faire la conversation à Lucas, pendant son coma, et au réveil Lucas se souvenait de presque tout.

Jérôme est sur le point de nous virer lorsque le responsable des relations publiques du crématorium surgit, avec un genre de vase grec pour nains de jardin. Il va s'incliner devant Jaja et, cérémonieusement, lui présente l'urne. Elle allonge la main pour l'ouvrir, comme une bonbonnière. Jérôme se précipite, retient son geste. D'un revers de l'autre main, elle le gifle. Il cille à peine. Il est habitué. Depuis l'automne 1993 où il a fait exhumer son père naturel pour effectuer la comparaison d'ADN, elle le baffe dès qu'il s'approche d'elle. Ce réflexe de haine absolue est le seul sentiment qui n'ait jamais été affecté par la maladie d'Alzheimer.

Confus d'avoir perturbé le recueillement de la famille, le relations-publiques s'emploie à dissiper le malaise en remettant à Jérôme un certificat de contribution au développement durable. Grâce à un système de filtration extrêmement performant, lui explique-t-il, la Mairie de Paris traite au-delà des normes en vigueur les émanations acides, les dioxines et les rejets de mercure provenant des plombages. Quant à l'énergie dépensée par le refroidissement express des fumées, de neuf cents à deux cents degrés, elle est récupérée par le chauffage urbain et ne participe donc pas à l'aggravation de l'effet de serre. Moyennant quoi il est à même de lui remettre, avec ses condoléances, des cendres bios certifiées par l'Afnor. L'engagement posthume de Marc Hessler en faveur de l'environnement est attesté par un sticker tricolore sur le socle de l'urne, numéroté ISO 14 001.

Bany et moi tournons le dos pour comprimer notre fou rire. Peine perdue. Jérôme remercie fraîchement le responsable, qui s'éclipse sans demander son reste.

– Fichez le camp, maintenant ! Vous pourrez dire à vos deux comparses que je renonce à attaquer le testament. Les nouvelles dispositions me conviennent.

– Nouvelles ?

– En voici une copie. Marc ne vous a pas tenus au courant ? Il a refait son testament le mois dernier, en supprimant tous les legs qu'il vous avait promis. Les parts dans l'hôtel, la galerie, la fondation, les voitures… Vous aurez juste une assurance-vie, qui vous permettra de vous retourner. Le reste de ses biens revient intégralement à sa mère et à moi. N'espérez donc rien.

Les mains tremblantes, j'ouvre l'enveloppe qui contient la copie des dernières volontés, ces dix lignes de pattes de mouches inclinées qui nous déshéritent. Pourquoi Marc a-t-il fait ça ?

– La seule mention qui vous concerne, reprend Jérôme avec une lueur narquoise, je n'y vois aucun inconvénient. Je vous laisse la villa jusqu'à lundi, ensuite je la vide, je la vends, et vous disparaissez de notre vie. C'est clair ? Bon vent.

Il dépose l'urne dans les mains de Bany et gagne la sortie du crématorium. Jaja se laisse entraîner au bras de son auxiliaire, envoyant du bout des doigts un baiser au grand Beur qui nettoie le sol

Le fou rire avorté m'a laissé une tenaille au niveau de la poitrine. Je dois ménager mon cœur, je sais bien, mais comment faire ? D'une voix nouée, je déchiffre à voix haute :

– « Je confie mes cendres à Hermann Banyuls, Marlène Farina, Lucas Spardi et Jean-Claude Chagnot, en les remerciant de bien vouloir les disperser dans la rade de Villefranche. » Bon vent, c'est ça... Pour que les cendres nous reviennent dans la gueule.

– Ne t'inquiète pas, dit Bany.

Il sourit d'un air lointain, avec une certitude que je ne lui ai jamais vue. Il me tend l'urne, me prend des mains la copie du testament, et pointe son doigt sur la date :

– 15 novembre. Dix jours plus tard, Marc a signé un contrat de mariage.

– Et alors ?

– Communauté universelle. Tous les biens reviennent au dernier vivant, à condition qu'on obtienne un mariage posthume. J'ai fait la demande.

Je regarde la sérénité martiale qui rend son visage encore plus maigre. Je lui dis que je ne vois pas ce que ça changerait pour nous.

– Ça nous soumettrait au bon vouloir de la veuve. Tu as confiance en elle ?

J'hésite à être franc. Inutile de le rendre tout de suite jaloux et malheureux. Apparemment, il pense qu'il a ses chances avec Yun-Xiang. Laissons-le croire en lui, pour une fois. Mais c'est moi qu'elle épousera, pas un mort. Je m'en fous, de leur communauté universelle. Je suis prêt à tout perdre, si c'est avec Yun. Dans un élan d'amour, je me dis que

Marc nous a déshérités pour notre bien, pour nous forcer à voler de nos propres ailes. Ce n'est pas un désaveu ; c'est une preuve de confiance.

– Banyuls !

Jérôme est revenu. Il lui signifie de son air d'escroc légal qu'il manque une Rolls Royce dans la collection de son frère, et qu'il vient de la voir en stationnement sur un emplacement handicapés.

– Il y a la vignette GIC de Lucas sur le parebrise, le rassure Bany. Mais tu fais bien de m'en parler, réglons le problème tout de suite.

– Donne-moi la clé et la carte grise.

Bany sort son chéquier. Avec stupeur, je le vois écrire la somme de cent onze mille euros.

– C'est inférieur à la valeur d'expertise, mais renseigne-toi ; avec la crise tu n'en tireras pas davantage. Ça correspond à ma part d'assurance-vie, plus mille euros symboliques pour la Triumph. Elle est invendable : j'ai remplacé son moteur d'origine par un moulin à légumes. Ça te convient ?

Il détache le chèque, le lui glisse entre sa pochette de soie noire et son Mérite national. Mes doigts se contractent sur le socle de l'urne. Ce n'est pas possible, Jérôme va refuser, Bany va se rétracter : c'était juste une blague, une provocation...

– Ne t'embête pas pour les scellés ni le cadenas. Je viens de les faire sauter, et je t'ai libéré le box. Pour la date d'encaissement, tu vois avec M. de Pébeyre chez HSBC Montmartre. Bon vent à toi aussi.

Tandis qu'il signe les deux cartes grises que Banyuls a barrées, les yeux de Jérôme s'embuent. Le choc de la situation, la remise en question de ses a priori, le remords de l'avoir traité en minable… Ou simplement l'excitation de le plumer.

Tétanisé, je regarde ce charognard tourner les talons, emportant comme un pourboire ce qui correspond à deux ans de mon salaire.

– Tu es complètement fou, dis-je entre les dents. Rien ne t'obligeait…

– OK. Allons rejoindre les filles.

Il me reprend l'urne et m'entraîne. Je n'en reviens pas. Ce n'est plus le même homme. Comment peut-on changer aussi vite en une seule journée ? Cela dit, il ne s'en est probablement pas encore rendu compte, mais je suis dans le même cas.

Marc avait raison : sa fiancée est bel et bien magique. « Je suis tombé amoureux, et je ne me relève pas », s'est-il plaint la première fois qu'il nous a parlé d'elle. Moi, c'est le contraire. Je suis amoureux et, grâce à elle, je vais me relever.

Quand on est arrivés à la galerie, Marlène nous a expliqué le drame. Boulet Rouge, comme on surnomme dans leur dos Claire Damms, avait piqué une crise de démence, à l'issue de sa sieste, en découvrant un de ses tableaux reproduit par une inconnue. D'autant que Yun avait enchaîné sur des esquisses, à la demande de Marlène qui lui avait montré le catalogue de sa rétrospective : « Imagine ce qu'elle ferait aujourd'hui, dans la continuité... »

Boulet Rouge, qui ne peignait plus depuis trois ans, avait reçu le choc de sa vie. Son œuvre se poursuivait sans elle, sur sa lancée, avec ses obsessions, ses défauts, ses tics mis en évidence par les déductions purement techniques de Yun. Elle ne l'avait pas supporté. Au bout d'un quart d'heure de saccage de l'atelier, le Samu l'avait emmenée en cure de sommeil.

Pour Bany et moi, c'était une excellente nouvelle. Marlène nous avait habitués aux talents maudits de toutes sortes, matous de gouttière et chattes écorchées qu'elle recueillait au bénéfice de l'art ou des hormones, mais jamais on ne l'avait sentie en danger comme avec cette camée gothique et bipolaire, qui avait tenté trois fois de s'immoler à la térébenthine dans la cour des Beaux-Arts, pour dédier un tableau en chair et en os aux femmes victimes du machisme islamiste.

Rencognée dans la toute petite cuisine de la galerie, notre grande blonde préférée buvait de la vodka en fixant son bras couvert de bleus. Elle ressassait, les cheveux dans le visage, paumée comme on ne l'avait jamais vue.

– Qu'est-ce qui m'a pris de lui demander ça ? Ou alors c'est Yun qui a voulu, je ne sais plus... J'en avais tellement envie. Pour Claire. Je pensais que ça lui ferait un électrochoc... Dans le sens positif. Que ça lui redonnerait l'impulsion...

On l'a consolée comme on a pu. On a dit que c'était un mal pour un bien, qu'on ne peut rien pour les gens quand ils sont contre, que la vie continuait, des choses comme ça... Et puis on lui a demandé où était Yun. Elle a levé vers nous ses beaux yeux rougis. Elle a répondu d'une voix éteinte qu'on ne lui connaissait pas :

– C'est une destructrice, une vraie. Pour ceux qui sont faibles. Les autres, elle les renforce… Mais à quel prix.

On s'est regardés, Bany et moi. C'est vrai qu'on se sentait assez renforcés. En mode mineur, Bany lui a dit qu'on s'était crus plus faibles.

– La crémation, c'était comment ?

J'ai répondu que c'était du Jérôme. Elle n'a pas insisté. Elle a tendu les mains. Bany lui a remis l'urne. Elle l'a prise dans ses bras en tenant le couvercle, l'a bercée doucement. Emu, je l'ai informée que Marc nous demandait par testament d'aller le disperser dans la rade de Villefranche. Elle a rejeté ses longs cheveux en reniflant :

– Ce n'est pas vraiment une surprise. Qu'est-ce que vous avez raconté, en hommage ?

Bany a dit qu'il avait attendu dans la voiture. Pour ne pas être en reste, j'ai avoué que je m'étais endormi sur la chaise d'Adjani. Elle a souri dans ses larmes.

– Et Loupion ?

Bany a répondu qu'elle avait pris note, et qu'elle

en parlerait ce soir à Carla qui transmettrait au président. J'ai demandé qui était Loupion.

– La conseillère culturelle qui a décoré Marc à l'Elysée, tu ne te souviens pas ?

J'ai esquissé une moue vague. Moi, la Légion d'honneur des autres... Bany a continué :

– Je l'ai chopée à la sortie du crématorium. J'ai bien insisté sur l'impact médiatique, comme tu m'avais dit. Je lui ai donné le contrat de mariage et le portable du maire.

– Tu as précisé qu'il nous fallait la réponse demain ?

Il a acquiescé d'un mouvement de paupières. J'ai demandé où était l'urgence.

– On essaie de tenir les délais, a glissé Marlène en se resservant un verre.

– Quels délais ?

– J'ai appelé Abdel et le maire de Villefranche, m'a répondu Bany. Pour l'instant, on garde la date.

– La date ? Tu veux dire : dans trois jours ?

– Dès que le décret présidentiel est signé, c'est bon.

J'ai protesté pour la forme, en essayant de rester impartial :

– Il me semble qu'on pourrait demander son avis à Yun avant de s'emballer, non ?

– *C'est* son avis, a laissé tomber Marlène.

Et Bany a confirmé avec un air intime qui m'a déplu. J'ai eu tout à coup la très nette impression qu'il s'était passé des choses dans mon dos. Marlène a enchaîné :

– Elle m'a dit : « Je sens bien que je déclenche des sentiments chez vous quatre, mais ne me demandez pas de choisir. Je ne veux pas en isoler un et perdre les autres. Alors j'épouse Marc comme c'était prévu, vous restez nos témoins et je vous garde. »

Je me suis récrié :

– Enfin, c'est débile ! Elle ne va pas jurer fidélité à un vase de cendres !

– Elle n'ira peut-être pas jusque-là, a dit Marlène avec un sourire pâle. Mais le cœur a ses raisons que le portefeuille valide.

Bany a rétorqué, un peu raide, qu'il ne fallait pas réduire son choix à un calcul égoïste. En accomplissant la volonté de Marc, elle sauvait notre avenir.

– Faites attention quand même, a soupiré Marlène en posant l'urne sur l'évier. C'est une guerrière. Une guerrière qui veut l'amour, mais avec des moyens de guerre.

– Elle est là-haut ?

– Non, elle est partie.

On a accusé le coup, de l'incrédulité à l'angoisse. Nos questions ont fusé en même temps :

– Partie comment ?

– Partie où ?

Marlène a fini la vodka dans son verre à moutarde. Puis elle a répondu en détournant les yeux :

– Chez Lucas.

IV

Lucas Spardi

Le dalaï-lama a eu une phrase terrible, le jour où je l'ai interviewé : « Privées de leur interaction, les choses se dissolvent et meurent. » C'est le cas, avec mes compagnons de route. Je le sais depuis que j'ai quitté leur table ; notre amitié n'aura pas survécu à Marc. La rage et la tristesse que j'en éprouve ont une contrepartie heureuse : mon début de rhume n'a pas résisté à la pression nerveuse. Je n'ai même pas eu besoin de piquer une aiguille dans mon orteil pour dégager mes sinus. J'ai vaincu le refroidissement, mais mon cœur ne dégèle pas.

Cette femme est venue nous coloniser, nous diviser, nous couper de nos racines – comme l'a fait son peuple avec le Tibet. Mais elle s'y prend en douceur, avec tous les pièges de son charme, et dans une certaine mesure c'est encore pire, car on n'a pas de raison valable de se rebeller. On a toujours l'air indécent quand on refuse avec suspicion une main tendue, des bras ouverts, une bouche offerte. Je ne sais pas où elle en est à l'heure actuelle avec mes potes, mais, à part Marlène qui s'est laissé draguer en toute lucidité, je suis le seul qui ait vu clair dans son jeu, et ils ne me le pardonneront pas.

En moins de douze heures, elle a réussi à leur proposer sous forme de bande-annonce tout ce qui leur manquait. Alternant les passions communes et la joie de vivre, les forces toniques et le besoin de protection, elle les mène par le bout du nez, et ils en sont encore à se demander comment ils pourraient lui venir en aide.

A Bany, en plus du forfait littérature et vieilles bagnoles, elle a fait le coup de l'abandonnite, pour l'amener à croire qu'elle s'identifiait à lui – seul moyen de gagner la confiance d'un rejeté.

Jean-Claude, elle est arrivée à le persuader que son horrible gamine était victime des mensonges de son ex-femme, afin de se ménager une place dans la cellule paternelle qu'elle aura ainsi contribué à sauver. La gosse n'en revient pas de cette alliée tombée du ciel, et le père crie au miracle : emballez, c'est pesé.

Quant à Marlène, vu leur connivence gênée pendant le déjeuner, Yun a dû lui jouer la partition de la détresse intime, style « je ne suis pas sûre d'aimer les hommes, aide-moi ». Marlène, notre barrière mobile, notre point d'appui, notre garde-fou... Lui demander secours, c'est le succès assuré. Le seul avantage que j'y voie : l'éjection probable de Boulet Rouge, qui nous la vampirise depuis trop d'années, s'accrochant à sa force généreuse tout en jetant du sel sur les plaies qui ne se sont jamais refermées – j'y suis pour quelque chose.

C'est le seul regret de ma vie, je crois, à part mes jambes. Je m'en veux toujours d'avoir exigé de Marlène qu'elle me quitte, lorsque j'ai su que je resterais paralysé. Sans cette connerie d'orgueil, elle ne serait pas tombée sous la coupe de ce peintre serbo-monégasque à tête de Brad Pitt pour qui, pendant cinq ans, elle a remué ciel et terre, décidant que son talent était aussi grand que la passion qu'il lui vouait – et dès qu'elle a commencé à le vendre, il l'a plaquée aussi bien comme maîtresse que comme galeriste.

Ni le temps ni les désillusions n'ont eu d'effet : Marlène, depuis moi, n'est capable d'aimer que ceux ou celles qu'elle admire par erreur. Une faussaire immigrée qui loupe à trois jours près un titre de veuve, c'est tout ce qui manquait à son catalogue de bras cassés. Mais ça vaut toujours mieux qu'une épave désespérante qui cherche à l'entraîner dans son naufrage.

Ce qui est très fort dans la tactique de la Chinoise – qu'elle soit au courant de son deuil ou que, simplement, elle se ménage des positions de repli face à la réputation de coureur de Marc –, c'est qu'elle crée des structures harmonieuses afin de pouvoir en bénéficier. Si elle restaure le bonheur des autres, c'est pour s'y faire inviter. Mine de rien, elle pratique le *feng shui* des sentiments : elle refait les intérieurs avant de les squatter.

Dix-neuf heures. Je me décide à ramper hors de la salle de bains, où je tente de faire le vide depuis deux plombes pour accompagner l'incinération de Marc. J'ai beau réciter mes plus beaux mantras, échec total : je ne pense qu'à cette foutue Senteur de Nuage. Grâce aux informations distillées par Marc et à sa psychologie aux aguets, elle dispose de tout un arsenal pour nous abuser, mais je crois que j'ai compris comment elle fonctionne. Par ce savant dosage de mimétisme et d'influence, qui est la marque des pervers narcissiques, elle renvoie aux gens leur image, leur point de vue, pour les amener à les corriger. Je connaissais les glaces déformantes ; Yun-Xiang, elle, est un miroir correcteur.

Mais elle aura du mal avec moi, dans cette optique, et elle le sait. Parce que moi, je vais très bien. J'ai plus de force dans les bras que mes trois potes réunis, je suis pacsé avec un canon de vingt-six ans que m'envie tout le quartier, ma fondation humanitaire est treizième au Top 50 des dons postaux, et le dalaï-lama répond en personne à mes vœux tous les mois de février. Je vis très bien avec ma pension de la Sécu, j'aide Anne-Sophie qui galère comme comédienne mais qui déchire au lit : elle m'apaise, me stimule, m'emmène partout, et n'arrête pas de se faire mousser dans les avant-premières en disant combien je la fais jouir, afin que je fasse envie plutôt que pitié. On serait heureux à moins.

La Chinoise a très bien capté qu'on ne pouvait pas m'atteindre sur le terrain de la séduction et de la flatterie : j'ai ce qu'il faut à la maison. Alors elle m'agresse, pour que je sorte de ma léthargie. C'est le trait de citron qui fait bouger l'huître. Dans son regard, je suis quoi ? Un journaliste qui s'est réduit au silence par éthique professionnelle, un leader d'opinion que n'écoute plus que sa chérie, un militant rouillé qui roule pour des causes consensuelles, un écolo édulcoré, un fruit confit à l'aspartame.

Elle a parfaitement raison. Mais ça ne l'avance à rien, avec moi : je m'en fous et je l'assume. On ne voit en moi qu'un beau gosse qui a eu de la chance dans son malheur, mais ma colonne vertébrale est brisée : ça ne pouvait pas rester sans conséquences morales. J'ai renoncé à mes rêves, je me suis dévitalisé et je fais du sur-place en toute sérénité. Ma longue initiation au vide intérieur me protège contre tout ce qui pourrait me rendre vulnérable – y compris la tentation de repartir au combat pour épater une inconnue qui me ressemble.

Je comprends mal pourquoi Yun n'a pas tenté de faire vibrer cette corde-là. Du coup, la seule faille dans son système, c'est moi. Pourquoi s'obstiner à me provoquer sur le Tibet, pourquoi me pousser à bout, alors qu'elle aurait pu feindre d'épouser ma cause pour que je culpabilise, que je m'efforce de racheter auprès d'elle mes a priori anti-chinois ? Quelque chose m'échappe, si elle est aussi intelligente que je le soupçonne. Ou alors elle l'est encore plus. Elle m'a jugé trop fin pour être dupe de son hypocrisie, elle s'est méfiée de l'instinct du journaliste et elle a préféré me mettre hors jeu. M'aliéner mes amis en me rendant odieux, afin de venir ensuite me consoler d'avoir été exclu du groupe. On isole son adversaire, et on se déguise en alliée, tandis que de l'autre côté on réconforte ses ex-potes en réchauffant sa place vide.

Le portable sonne dans mon jogging. J'arrête mes reptations sur la moquette pour décrocher. C'est Abdel, à Villefranche. Il pleure à gros bouillons, il hoquette, je ne comprends rien. Je lui dis que je suis dans le même état. Je l'invite à prier Allah comme moi je fais le vide à la mémoire de Marc : on doit lui envoyer de la sérénité, pas du drame... Il raccroche, incapable de répondre.

J'appuie mon épaule à la balustrade. La lune brille au-dessus du Sacré-Cœur, tout Paris scintille à mes pieds comme un décor de vieux film américain. Ce deux-pièces en mezzanine, c'était mon cadeau de pacs. La pudeur habituelle de Marc, pour qu'on ne se sente pas redevable. En me tendant la clé, il avait un air d'excuse : « Je sais, on n'offre pas un duplex à un paraplégique, mais la vue était trop belle : j'ai craqué. »

L'arrière-pensée que j'ai bien perçue est restée sans effet. Il espérait que, dans ce nid d'aigle au-dessus de la place du Tertre, avec cette ambiance bohème entièrement insonorisée, j'allais écrire enfin le grand livre que je porte en moi. Mais c'est un enfant mort-né. Ecrire, c'est regarder en arrière. Et je ne veux plus souffrir.

Je reprends mon portable. J'ai peur d'avoir été un peu trop brusque avec Abdel. La famille de Jaja, c'est tout ce qui lui reste de l'Algérie. Je commence à composer le numéro de la villa, lorsqu'on sonne à la porte. Anne-Sophie a dû perdre ses clés, une fois de plus. Je repose mon téléphone, j'ouvre le portillon que j'ai découpé dans la balustrade, j'attrape la corde à nœuds et je descends, les jambes ballantes, les fesses orientées vers l'assise du fauteuil garé contre l'escalier. Deuxième sonnerie.

– J'arrive !

Je déverrouille, j'ouvre et je me fige. Yun-Xiang est devant moi, les bras chargés de sacs de supermarché. Elle regarde mon torse nu, mon pantalon de jogging, me dit en souriant qu'elle aurait dû me prévenir, mais elle a pensé que j'étais en méditation pendant les obsèques.

J'hallucine. Donc, elle sait. Elle sait et elle est là. On finit tout juste d'incinérer son mec, et elle vient faire la dînette en guise de cessez-le-feu. Refoulant toute émotion, je lui lance avec une froideur calme :

– Vous désirez ? Si c'est moi, renoncez : c'est sans espoir. Comme vous le voyez, il y a deux noms sur la porte.

Elle acquiesce d'un battement de paupières. Rien d'autre ne bouge. Elle prend sa respiration et dévide d'une traite, comme une leçon apprise :

– Je voulais te présenter mes excuses, pour ma conduite au cours du déjeuner. Ma seule circonstance atténuante est d'avoir été violée à quinze ans par un insurgé tibétain. Mais j'aurais dû respecter ton option politique.

Je hoche la tête, une boule dans la gorge. Depuis la Révolution culturelle, ils sont quand même sacrément bons en autocritique. Ça n'a pas sauté de génération. J'ignore si ce qu'elle vient de révéler est vrai, mais l'émotion sonne juste.

– Je suis désolée de t'avoir dérangé. J'ai cru que tu pourrais m'aider pour Marc…

Elle baisse la tête et se détourne vers l'ascenseur. Je la retiens.

– C'est à moi de te présenter mes excuses. Mes mots ont dépassé ma pensée, à table. J'étais en porte-à-faux avec les autres, je désapprouvais complètement leur… Enfin, leur « option », comme tu dis, par rapport à toi… Si on t'avait appris la vérité tout de suite…

Elle appuie la tête contre le montant de la porte, soupire :

– Je la connaissais, Lucas. Vous n'avez eu que de la délicatesse, de l'intelligence et du cœur. Vous m'avez offert un merveilleux sursis.

Je soutiens son regard. Là, je la sens totalement sincère. Elle ajoute d'un ton ferme :

– Maintenant il faut penser à Marc.

Elle désigne ses sacs Paris Store et Tang Frères. Je recule mon fauteuil pour la laisser entrer.

– Je dois faire une « Nuit blanche » pour le départ de son esprit, et tu es le seul qui puisse m'aider. Les autres n'ont pas la foi.

Elle dépose ses achats sur la table, entre les piles de scénarios et de pièces qu'Anne-Sophie annote pour ses castings. Elle n'est jamais choisie, mais elle garde tout. Je glisse un œil dans les sacs. De la nourriture, des fleurs en papier, des objets en carton. Tout est blanc.

– Je ne suis pas sûr que nous ayons la même conception du bouddhisme, Yun.

– Moi c'est ma culture, toi c'est ton espoir. Marc m'a dit ce qui t'est arrivé au Tibet.

Je serre les mâchoires. Je vais remplir la bouilloire, sors du frigo ma boîte de thé au beurre rance, qu'Anne-Sophie enveloppe dans du Cellofrais pour réduire les odeurs. D'un coup de main je pivote vers Yun, lui réponds qu'il ne m'est rien arrivé. Pendant des mois j'ai arpenté les derniers monastères tibétains, les vrais, ceux qui n'ont pas encore été transformés en Disneyland par les Chinois. J'ai traqué les signes, les traces laissées dans les manuscrits par le passage de saint Isa, ce guérisseur miraculeux en qui certains exégètes ont vu la deuxième incarnation de Jésus. J'ai imploré de toute ma foi les forces du vide en répétant « Lève-toi et marche ». J'ai appris les soutras, les mantras, les jeûnes, les rites secrets qui permettent à certains moines de pratiquer la lévitation. Il ne m'est rien arrivé *physiquement*. Je n'ai pas décollé de mon fauteuil roulant, mais l'aventure spirituelle m'a changé de fond en comble. Même si c'est difficile à faire admettre aux gens qui marchent, la lévitation intérieure m'a réconcilié avec la paralysie. Elle n'est plus un handicap, elle est devenue un facteur d'évolution. Comme les aveugles perçoivent des sons et des odeurs qui nous échappent, j'ai développé dans ma relation au monde et mes rapports sexuels des connexions qui transcendent le physique. Alors depuis je témoigne, j'entends ricaner les sceptiques et j'ai perdu mon crédit de journaliste, mais ça n'a aucune importance. Ma guérison morale fait du bien aux gens qui en ont besoin ; les autres je m'en fous et je les zappe.

– Pourtant, tu as arrêté de témoigner.

– Je me suis fait virer de mon journal.

– Au sens propre, oui. Tu as exigé qu'on te vire.

Je vois qu'elle possède parfaitement mon CV. En effet, quand le rédacteur en chef a censuré mon interview exclusive du dalaï-lama, ne gardant que le contenu politique et caviardant ce qu'il appelait la « dérive ésotérique », j'ai fait valoir ma clause de conscience. Et, pour marquer le coup dans la profession, j'ai refusé mes indemnités d'ancienneté, persuadé que les journaux concurrents qui avaient unanimement salué mon geste, même à droite, allaient m'accueillir à bras ouverts au nom de la liberté de la presse. Quatre ans que je suis au chômage.

– On ne m'a pas fait taire, Yun. Je témoigne sur le site de ma fondation, dans les dîners, les avant-premières, les clubs de sport, les transports en commun… Il n'y a pas que la presse, dans la vie. Mais c'est amusant qu'une Chinoise me reproche de ne plus écrire sur le Tibet. Surtout quand elle l'assimile à la Corse.

Elle fixe, au coin du plan de travail, le moulin à prières que j'ai rapporté du monastère de Gyantse. Elle murmure avec une fermeté calme :

– Le Tibet a toujours fait partie de la Chine.

– Absolument pas. C'est le gouvernement des Indes britanniques qui l'a décrété, en 1890, pour faciliter les liaisons commerciales.

– Propagande occidentale.

– Et l'invasion de 1950, soi-disant pour « libérer le Tibet des forces impérialistes », alors qu'il n'y avait plus de présence étrangère dans le pays depuis 1912, c'est de la propagande aussi ? Et le million de victimes, et la torture, et la stérilisation des femmes, et la destruction du patrimoine, de la forêt, de la faune sauvage, et l'empoisonnement du sol par les déchets nucléaires, pour que leurs plantes médicinales deviennent mortelles, c'est de la propagande de moines bouddhistes ?

– C'est toi qui le dis.

– Le Tibet est la plus grande réserve mondiale

de minerais : c'est ça le sens du « protectorat » de la Chine ! Par la politique de colonisation massive, deux Tibétains sur trois sont déjà des Chinois ; bientôt la question de l'indépendance n'aura plus de sens. Vous jouez la montre.

Elle m'écoute en contemplant les affiches des spectacles où a figuré Anne-Sophie. Elle s'approche de la mienne, la seule que j'ai gardée, par bravade. *Les Justes* de Camus, le 3 mars 1988, à la MJC Bon-Voyage, au cœur de la cité HLM de Nice Nord. Le soir où une bande de casseurs est venue interrompre la pièce. Pour protéger Marlène, j'ai foncé dans le tas. Ils me sont tombés dessus à coups de barres de fer, et m'ont laissé pour mort sur le devant de la scène.

– Toi qui te prétends bouddhiste, Lucas, tu sais bien que tous les événements dépendent du karma.

– Ah oui d'accord. Le Tibet a un problème avec ses vies antérieures, je comprends ; il fallait le purifier pour son bien.

– Lao-tseu a dit : « Toute chose a été produite par une cause. » Les empereurs mandchous, depuis Kangxi, considéraient les dalaï-lamas comme leurs maîtres spirituels et soumettaient les Chinois à l'emprise morale du Tibet.

– Donc tu poses que le Tibet est une nation indépendante.

– Non. Une pensée régionale ennemie de la Révolution, que la Révolution a dû rectifier pour défendre ses valeurs.

– C'est clair. Dans le même ordre d'idées, si la France veut protéger les acquis de 1789, elle est obligée d'envahir Monaco.

– Je ne me permets pas de juger votre politique intérieure.

Elle me défie de son sourire perçant. La bouilloire siffle depuis trois minutes. Je vais la retirer du feu pour clore le débat. Je n'ai pas envie de polémiquer davantage – elle non plus, je le sens bien. Elle vient dans mon dos, corrige mes gestes, se met à préparer le thé traditionnel des Tibétains avec des mouvements rituels que j'ai un peu oubliés, depuis le temps.

– Comment tu connais ce cérémonial, Yun-Xiang ?

Elle relève les yeux, prend le plateau, sort de la cuisine.

– Il ne t'est pas venu à l'esprit qu'une Chinoise avec un tel discours extrémiste contre les Tibétains pourrait être un agent du dalaï-lama, dont la mission serait de stimuler, par réaction, l'engagement de l'Occident en faveur du Tibet ?

Avec précaution, elle dépose le plateau sur le tambourin qui sert de table de salon.

– Tu… tu es en train de me parler de toi, là ?

– Je ne te commente pas un fait d'actualité, Lucas ; je te suggère un sujet de livre.

Elle s'assied dans le fauteuil club d'Anne-Sophie, croise les jambes, prend son genou droit dans ses mains, et me raconte l'histoire d'une petite fille de Shanghai dont le père est envoyé comme colon au Tibet. Toute la famille se retrouve dans une immense ferme expropriée, où il faut enfouir sur des centaines d'hectares non pas des semences, mais de grands sacs de détritus contenant un nouveau produit qui les rend biodégradables. Un jour, le père entend la propagande des quelques paysans tibétains encore en activité dans la région : ce seraient, en réalité, des déchets toxiques enterrés pour tester les effets secondaires sur la population. Il transmet son inquiétude au responsable du secteur, alors il est emprisonné.

Sa femme et sa fille retournent à Shanghai où elles vivent cachées, de peur d'être arrêtées pour complicité de dissidence. Heureusement, la petite a appris d'un ancien moine tibétain, dans le garage de Nagpo où il réparait leur tracteur, l'art du mandala, cette représentation géométrique et symbolique de l'univers. Grâce à cet éveil spirituel par la concentration, elle va pouvoir gagner sa vie, à la mort de sa mère, en reproduisant des chefs-d'œuvre dans la tranquillité d'un sous-sol. Jusqu'au jour où un Français tombe sur elle par hasard et décide de la mettre en lumière.

Sans la quitter des yeux, j'avale une gorgée de thé sacré. Il est encore moins buvable que lorsque je le prépare ; plus proche de l'original. J'ai l'impression de me retrouver avec Marc au fin fond du Tibet – notre immersion commune dans ce monde condamné où je me sentais enfin chez moi.

– C'est la vérité, Yun ?

– Ça dépend de toi. C'est ton histoire, désormais. A toi de la traiter pour qu'elle fasse vrai, si le sujet t'inspire.

Tendu, je lui demande de préciser.

– J'ai fait une promesse à Marc, mais tu n'es pas obligé de la tenir. Il voulait que je te confie cette histoire pour que tu l'écrives. Que tu l'écrives à sa mémoire.

– « A sa mémoire »... Qu'est-ce que tu sous-entends ?

Mon portable sonne. Je l'ai oublié dans la mezzanine. Ça doit être Abdel qui rappelle. Je recule jusqu'à l'escalier, attrape la corde. Elle me regarde me hisser à la force des bras. J'arrive à temps pour décrocher. Il dit qu'il n'arrivait pas à parler, tout à l'heure, à cause du coup de fil de Bany. Là, il pleure encore et il rit aussi, il clame que la mort de Marc est une montagne qui s'écroule sur lui, il est avec nous de toutes les larmes de son corps, mais il trouve que c'est une idée extraordinaire de l'épouser quand même. Il avait décommandé le traiteur, mais il vient de l'appeler pour le recommander : que je ne m'inquiète de rien, il a laissé le message aux autres – *inch'Allah*.

Il raccroche avec sa précipitation habituelle, toujours stressé entre ses mille travaux en cours et ses cent trente kilos à déplacer. Qu'est-ce que c'est que cette histoire ? J'ai manqué un épisode, là. J'interroge du regard Yun, entre les barreaux de la balustrade – la voix d'Abdel est si tonitruante qu'elle se passe de haut-parleur. Yun s'extrait du fauteuil d'Anne-Sophie.

– Rien n'est encore sûr, Lucas. Le mariage

posthume ne peut se faire que si votre président de la République est d'accord. Tes amis lui transmettent mon dossier, avec le contrat de communauté universelle qu'on a signé au consulat de France.

Je glisse le portable dans ma poche, redescends en quatre pressions de corde. J'ai oublié de bloquer le frein du fauteuil, il part en arrière et je tombe sur le cul. D'un revers de bras, je refuse son aide.

– Tu veux quoi ? Etre homologuée ? Avoir ton certificat de veuve pour obtenir l'héritage et la nationalité française ?

– Tu es libre de le croire. Tu peux aussi penser…

– Que c'est une question d'amour ?

– Ne sois pas moqueur.

En enclenchant le frein sur les roues, je réponds que je ne suis pas moqueur : je suis indigné. Un mariage posthume ! Comment une femme de tradition bouddhiste peut-elle accepter de retenir, par ce genre de rite, un esprit dans sa précédente incarnation ?

– C'est pour éviter cela, justement, que j'ai besoin de toi cette nuit. Nous allons faire la cérémonie d'accompagnement, pour aider Marc à s'éloigner du monde matériel.

Je prends appui sur les accoudoirs, me hisse, me retourne d'une détente pour me rasseoir.

– Il te l'a demandé, ça aussi ? Il t'a fait un testament perso ?

– Il m'a confié une mission et je l'ai acceptée. Veiller sur vous. Dans certains cas, vous réveiller. Reprendre son rôle.

– Tu es son exécutrice, quoi.

Des larmes lui montent aux yeux. Elle détourne la tête. Je maîtrise ma respiration, redresse mes lunettes, crois bon de préciser le sens du mot :

– Son exécutrice testamentaire. Celle qui est chargée de l'accomplissement de ses volontés.

Elle revient dans mon regard, hoche la tête. Elle va prendre mon bol, me le tend, puis se rassied dans le fauteuil en cuir pour éviter l'abus de position dominante.

– A toi, je peux dire la vérité, Lucas. Tu as la force qu'il faut, et la dureté aussi. Les autres, je ne sais pas… Tu me donneras ton conseil.

– Et c'est quoi, Yun, la vérité ?

Elle pousse un long soupir, boit son thé jusqu'au dépôt de beurre, avant de répondre :

– Marc était au dernier stade d'un cancer. Je suis

la seule à qui il en ait parlé. Il lui restait quelques semaines, d'après les médecins.

Le bol a glissé de mes doigts. Je regarde le liquide gras s'infiltrer dans les rainures du parquet. Un cancer. Je n'arrive pas à le croire, et en même temps je sens bien, au fond de moi, que c'est la seule explication possible à la conduite de Marc. Comment n'avons-nous rien soupçonné ? Rien vu ? Quelques indices me reviennent en vrac, des rendez-vous annulés, des petits malaises sans suite mis sur le compte de la baise à outrance, de l'alcool ou d'un coquillage pas frais... C'est normal qu'il nous ait abusés. Marc ne pouvait pas être malade, ne pouvait pas devenir celui qu'on aide, celui qu'on porte, celui qu'on plaint. Pas question d'inverser les rôles. Sa tâche, jusqu'au bout, ne pouvait être que celle du metteur en scène.

Yun est revenue de la cuisine avec un rouleau de Sopalin. Elle éponge le thé sacré. Elle prend son temps pour me dire la suite. Mais la logique a déjà fait son travail. Elle voit dans mes yeux que je suis en train d'anticiper la révélation. Elle pose le Sopalin, à genoux contre ma roue gauche, et confirme en serrant mon poignet :

– Il a tout prévu, oui. Il ne voulait pas s'imposer

des traitements, des supplices inutiles, ni vous infliger sa déchéance. Il a choisi le jour et la forme de sa mort. Et il m'a chargée d'organiser « l'après ».

Je ferme les yeux. Le plus bouleversant n'est pas ce que je viens d'entendre, mais le ton sur lequel elle l'a prononcé. Une détermination résignée, une confiance sans faille dans les forces qui la guident. C'est une élue. Une kamikaze de l'amour, qui se sacrifie pour que les autres survivent.

Je parviens à balbutier :

– Mais toi, Yun... Marc, j'arrive à le comprendre, j'aurais fait comme lui, si j'avais été seul quand je suis sorti du coma sans mes jambes... Mais toi, comment tu as pu accepter une chose aussi énorme ? Tu as quitté ton pays, tu as interrompu ta vie... pour venir épouser un mort et t'occuper de ses potes. C'est ça ?

Elle sourit, me dit que c'étaient les termes du contrat, oui : elle a les compétences nécessaires, et les avantages en contrepartie ne sont pas négligeables. Elle insiste, face à mon mouvement d'humeur : ce que je prends à tort pour un sacrifice qu'elle s'impose est, au contraire, un merveilleux cadeau que lui a fait Marc. Sa vie en Chine se serait bornée à imiter des œuvres, dans l'angoisse de finir en prison. Il lui a offert de créer du neuf, de créer des liens. De plus, elle nous trouve à la hauteur de sa mission. Elle aurait pu tomber plus mal.

Elle pose la joue sur mes jambes. Un pincement au ventre m'incite à revenir en arrière. Le plus neutre possible, je lui demande comment elle a rencontré Marc.

– Dans le train. Il demandait aux femmes l'autorisation de les photographier. Elles disaient toutes non. Moi, ça m'était égal. Je venais d'apprendre que mon père allait être transféré au secret, que je ne pourrais plus le voir au parloir une fois par mois. Marc a mitraillé mes larmes, comme il disait, pendant des kilomètres. Et puis on a fait connaissance. Avec ses trois mots de chinois et mon anglais appris à l'atelier, dans les livres sur les peintres, on a réussi à communiquer.

Son doigt dessine des boucles sur mon genou, des rails, des aiguillages.

– J'ai raconté toute ma vie en public à un étranger, ça m'était égal : je n'avais plus d'espoir, donc je n'avais plus peur. En gare de Shanghai, il m'a fait sa proposition : « Quand je reviens dans six mois, vous êtes la plus belle femme du monde et vous parlez français, alors je vous épouse. » Et il m'a donné cinq mille dollars en billets. De quoi me payer tout ce qu'il fallait pour honorer sa confiance. Il est revenu fin novembre, pour le défilé Chanel sur la barge en verre du fleuve Huangpu. Il m'a invitée à la soirée de gala, ensuite, à l'hôtel Peninsula. Et nous avons conclu notre accord.

– Votre accord… Pardon, mais il n'aurait pas pu simplement t'épouser d'abord, et se tuer ensuite ? On ne t'aurait pas laissée tomber…

– Justement. Entourer une veuve en communauté universelle, et la tirer au sort pour l'épouser en secondes noces, où est l'enjeu, où est le mérite ? Il fallait que je sois en danger, et vous aussi, pour que ce soit un vrai choix. Et puis vous pouviez très bien me trouver sans intérêt. Marc m'avait pris le billet de retour, si vous ne vouliez pas de moi ou si je ne voulais pas de vous. Meng-Zi dit : « Ce que l'on doit aux morts ne doit pas nuire aux vivants. »

Je relève sa tête. Une envie terrible de lui faire l'amour, là, tout de suite. Pas à la mémoire de Marc. Pour elle, simplement. Pour ce qu'elle a fait. Pour ce qu'elle est.

– Marc vous aimait tant, il parlait si bien de vous… Je n'ai pas été déçue.

Elle retire mes mains de ses joues, les pose à plat

sur mes cuisses. Elle se cambre sous mon désir, toujours à genoux devant mes roues.

– Marlène est l'amie que je n'ai jamais eue, l'incarnation de tout ce que je n'ai jamais trouvé toute seule dans la peinture : la passion, l'enjeu, la beauté de la souffrance. Bany est comme un immense paquet-cadeau qu'on n'en finit pas d'ouvrir pour trouver le trésor qu'il nous cache. Et Jean-Claude est touchant comme l'enfant que j'aurai peut-être un jour avec l'un d'entre vous...

Elle se tait. La question brûle ma gorge. Elle la prononce pour moi :

– Et toi, Lucas ? Toi, je veux que tu dises « je » à ma place. Je veux être ton héroïne, je veux t'appartenir sur le papier, inspirer ton imaginaire, défricher tes jardins secrets, casser tes idées reçues et ton petit cocon bien pratique...

Elle se relève, entoure mon cou de ses bras et se perche sur l'accoudoir gauche, au risque de nous faire chavirer.

– Je veux être ton cœur et tes jambes, si tu m'y autorises.

Elle pose ses lèvres sur les miennes, recule aussitôt.

– Mais rien d'autre ne se passera entre nous,

avant que tu aies fini ton livre. Alors mets-toi vite au travail, si tu veux être le premier.

– C'est une menace ?

– Une émulation, j'espère, pour vous quatre. Profite de ton avance : pour l'instant tu es le seul à connaître la règle du jeu.

Elle s'étire. J'empoigne un barreau de la rampe, pour rétablir l'équilibre. Elle sourit dans un bâillement, comme une coach aussi excitée que fourbue d'avance en pensant à la tâche qui l'attend.

– Marlène doit devenir sa propre artiste, Bany va terminer de mettre au point son moteur à légumes, Jean-Claude créera une entreprise pour le commercialiser, toi tu te feras éditer l'an prochain. Voilà les dernières volontés de Marc. Et moi je suis la prime de risque.

Elle retient mes mains qui montent le long de sa robe blanche.

– Mais mon ordre de mission n'implique pas que je vous prenne forcément pour amants. Tout ce que Marc a dit, c'est que je serais votre contremaîtresse.

Je lui enserre la taille et la presse contre moi, pour m'imprégner de toute la force de joie sereine qui baigne ses paroles. Elle attrape mes lèvres, dévore ma bouche. Son corps est si vibrant sur mes jambes qu'elles donnent l'illusion de ne plus être inertes.

La clé tourne dans la serrure. A une vitesse fulgurante, Yun se déchausse, se relève. Avant que j'aie eu le temps de réagir, elle grimpe les marches quatre à quatre sur la pointe des pieds, ses escarpins à la main.

– Coucou, ça va ?

Anne-Sophie referme la porte, balance son casque et son scénario.

– Casting de nases ! Je suis trop *frenchie*, soi-disant. Mon cul, oui ! J'ai fait des essais hyper-top, je sais bien pourquoi ils l'ont prise, l'autre pétasse. Ben, t'es pas prêt ? Mon Loulou, on a la projo à vingt heures ! Pourquoi t'as acheté de la bouffe ?

Pris de court, je roule vers le balcon avec mon paquet de clopes en lui disant que je ne peux pas, ce soir : on a la veillée funèbre pour Marc.

– Ah ouais, scuse-moi, j'ai zappé.

En trois bonds elle me rattrape, me retourne, colle sa bouche sur la mienne, me fait un gros poutou de ventouse. Elle se recule pour me sourire, l'air navrée. Je garde mon sang-froid. Ton sur ton, le rouge à lèvres de Yun va peut-être passer inaperçu sous le sien.

– Pauv' Loulou, ton meilleur pote… C'était pas trop dur, l'enterrement ?

Elle ôte son blouson, son pull, son sous-tif, ses boots, son jean. Affolé, je regarde monter la pile sur le sol. Je n'ose pas imaginer la suite.

– Moi c'était un enfer, ce casting. Non mais pour qui ils se prennent, ces Amerloques, à nous dire comment il faut jouer Molière ? Hé, t'as pas l'droit, là ! enchaîne-t-elle en désignant mon entre-jambe en relief. Je suis vraiment à la bourre, et puis, dis donc, j'te rappelle que t'es en deuil ! Mauvais copain !

Avec un éclat de rire tendre, elle balance son string d'un coup d'orteil en haut de la pile, presse ma queue au passage comme une courgette à l'épicerie, grimpe l'escalier.

– Une douche et je file, comme ça je vois les gens avant et je reviens tôt. C'est dommage pour toi, y aura plein de réals que t'aimes.

Je ferme les yeux, essayant de visualiser les cachettes possibles. Je n'en trouve que deux : le rideau de la baignoire, et le placard de la chambre qu'Anne-Sophie va ouvrir pour se changer. Pourvu que Yun ait choisi la seconde ; ça lui donnerait le temps de redescendre et de filer pendant la douche. Je tends l'oreille. Bruit du jet sur l'émail et le plastique du rideau. Je recule jusqu'au balcon pour apercevoir le placard. Les portes restent closes Je ne vais quand même pas appeler. Le temps que j'aie décidé de monter, la douche s'arrête. Trop tard.

Pour tromper l'angoisse, je reviens vers la table, j'incline vers moi le sac Tang Frères. J'enfourne un genre de pâté de riz fourré à la crème blanche, j'essaie de me connecter à l'esprit de Marc et de lui demander son aide. S'il me veut en harmonie avec moi-même pour que j'aie le courage d'écrire, ça serait sympa de m'épargner un clash affectif.

J'entends le *gling* des flacons, le *clonc* de la poubelle à pédale, le *pschouf* des mules sur le parquet, le *gloup* de la porte du placard, le *dzing* des cintres en fer qui s'entrechoquent. Pas de réaction d'Anne-Sophie. J'avale ma bouchée, recommence à respirer normalement. En plus de son talent de faussaire, Yun doit avoir celui de contorsionniste. Je l'imagine pliée en trois dans le logement du chauffe-eau.

Anne-Sophie redescend au bout de trois minutes, bottes sous le genou et pull au-dessus du nombril.

En piochant de l'argent dans la boîte à biscuits, elle laisse tomber négligemment :

– T'es au courant qu'y a une fille sous la couette ?

Je réprime mon haut-le-cœur dans un sourire franc-jeu.

– Non, je croyais qu'elle était dans le chauffe-eau. C'est la fiancée de Marc.

– C'est clair. Elle perd pas de temps pour se recaser.

– Mais non… Ne va pas t'imaginer des trucs.

Elle shoote dans sa pile de linge sale pour dégager le blouson.

– Me prends pas pour une conne, en plus ! OK, j'ai pas la tête au cul, en ce moment, avec mes problèmes d'Assedic, je sais bien que t'es chaud bouillant, mais quand même ! Moi aussi j'ai des occasions, j'te signale, et pas qu'une, et peut-être même ce soir. Alors te gêne pas si vous avez envie d'aller finir la veillée funèbre au Costes : on y sera, ça sera cool. Bien le genre de plan qui faisait kiffer ton Marc. Allez, salut. Et bonnes condoléances !

Elle claque la porte. Yun descend au bout d'un moment, toujours sur la pointe des pieds, en retirant discrètement une plume de sa robe de laine.

– Je peux savoir pourquoi tu as fait ça ?

– Je n'ai pas trouvé d'autre cachette.

– Tu n'étais pas obligée de te cacher ! J'ai le droit de recevoir une femme au salon sans que ça fasse un drame.

– Pardon, mais Marc avait raison : il faut qu'elle te lâche un peu. Ça lui fera du bien de prendre l'air, dans l'intérêt de votre couple. Tu t'ennuyais quand même beaucoup, non ?

Je n'ai pas réussi à protester. Si je n'étais pas en fauteuil, je sais bien qu'Anne-Sophie aurait moins hésité à me tromper de temps en temps, dans l'intérêt de sa carrière. Si désormais elle réduisait ses scrupules, je me sentirais dans ses yeux un homme à part entière. Je ne serais plus un poids mort, un poids-remords, un frein à son talent. Elle n'aurait plus à se reprocher son choix, ce challenge qui a dégénéré en devoir : réussir contre vents et marées le moins évident des couples mixtes. Yun a raison, si ça se trouve : notre seule chance dans la durée, pour éviter l'usure du calme plat, est peut-être de mener à bien une traversée en eau trouble.

Elle regarde l'heure, rassemble ses courses.

– Tu montes t'habiller, Lucas ? On va les rejoindre à l'hôtel.

Comme je reste à contempler mes pieds en silence, immobile, elle s'alarme :

– Tu m'en veux ? Tu es inquiet de la réaction d'Anne-Sophie ?

Je relève les yeux, et j'imite le ton sentencieux sur lequel elle cite ses maîtres à penser :

– Molière a dit : « Mon Dieu, des mœurs du temps mettons-nous moins en peine, Et faisons un peu grâce à la nature humaine. »

Elle se mord les lèvres, hoche la tête. Je me dirige vers la corde. Au moment où je décolle, je la vois prendre un post-it sur la porte du frigo. L'air consciencieux, elle note.

Ce soir, je les regarde différemment, tous les trois. Comme moi, ils se demandent quelle pièce de son puzzle elle a donnée aux autres. Complémentaire, ressemblante, incompatible ? Il y a quelque chose de plus entre nous, désormais : un mystère, une compétition, une connivence nourrie de faux-semblants qui redonne à notre amitié un coup de jeune.

Elle a passé deux heures en cuisine. Le parfum des herbes chinoises embaume l'hôtel de la cave aux soupentes. Mais tout est blanc, dans nos assiettes, et rigoureusement fade. On mâche, avec des compliments polis dans les sourcils.

– Ne faites pas semblant d'aimer, et ne rajoutez rien. C'est fade exprès. La saveur de ce dîner ne nous est pas destinée, elle est pour Marc. Et il ne peut l'apprécier que par les senteurs. C'est un repas d'odeurs, qui doit avoir pour les vivants le moins de goût possible.

– Super, commente Jean-Claude en reposant son verre de lait de coco. On a droit à tout ce qui est blanc, donc.

Il sort son paquet de cigarettes, le montre à Yun en précisant que ce sont des light sans goût, mais aux effluves mentholés. Yun acquiesce. Il nous en offre. Les Américains de la table voisine nous fixent, bouche ouverte, avec un air de fin du monde. Jean-Claude se lève, leur rappelle qu'ils ont terminé de dîner et que le restaurant ferme. Il les dirige vers le bar, et joint les portes coulissantes dans leur dos sous l'œil courroucé du barman.

– On est chez nous, quand même, non ? fait-il en allumant les cinq cigarettes.

Nos fumées s'unissent vers le lustre Art déco en fer-blanc où l'esprit de Marc se tape la cloche. On lui tient compagnie encore une petite demi-heure, puis on monte chez Yun pour la suite du programme. Jean-Claude avait proposé le salon Modigliani, mais elle a décliné. Pas de flammes au gaz : du bois. La seule vraie cheminée en service se trouvant dans la suite nuptiale, Jean-Claude et Bany me prennent sous les aisselles pour me hisser par le petit escalier. Comme je suis plus grand qu'eux, mes pieds cognent dans chaque marche, à la manière d'une percussion rituelle.

Dans les grandes surfaces chinoises autour de la place d'Italie, Yun a acheté des dizaines de petits objets en carton immaculé : maisons de style Monopoly, modèles réduits de voitures, liasses de billets de banque, appareil photo, figurines à jupette et cheveux longs… Tous les souvenirs chers au cœur du défunt, qu'il convient d'extraire symboliquement du monde matériel afin qu'il puisse les emporter avec lui dans l'invisible. Au rythme des mantras qu'on répète en canon, Yun les jette au feu l'un après l'autre.

– Si tu permets, dit Bany en retirant in extremis deux des treize voitures en carton. Ce n'est pas de la superstition, mais… Queen Mum, on descend avec à Villefranche, et la Triumph, je la garde comme prototype.

Son téléphone sonne. Il vérifie le numéro qui s'affiche, prend vivement l'appel, écoute, murmure un merci morne et raccroche avec lenteur. On l'interroge du regard. Il détourne les yeux, laisse tomber :

– C'était l'Elysée. Pour le traitement de ce genre de dossier, il faut compter huit à dix mois.

Yun se lève comme une automate, les yeux fixes, et va s'abattre sur le lit. Les montants du baldaquin sculpté craquent sous les sanglots qu'elle étouffe dans l'oreiller.

On reste un moment assis en silence. Puis on range la pièce, on éteint les braises pour la nuit. En file indienne, on va l'embrasser dans les cheveux. Elle répond par une crispation des doigts, comme pour serrer nos mains dans le vide. Bany dit qu'il fera un graissage complet : on pourra partir en fin de matinée. On n'a la villa que jusqu'à lundi, et si on ne fait pas tout de suite ce voyage de cendres, on ne le fera jamais. Il y aura toujours une urgence qui repoussera. Il a raison. Je regarde l'urne posée sur la table de chevet. Il n'y a pas de *best before.* Je tente de relancer l'espoir :

– Vous êtes sûrs qu'un contrat de mariage, ça n'a pas de valeur légale tant que le mariage n'est pas célébré ?

– Aucune, soupire Jean-Claude.

Marlène soulève la question de Jaja : elle sera seule pour Noël. On se tourne vers Yun. Je lui demande ce qu'elle décide.

– J'ai annulé ma réservation d'avion, dit-elle sans bouger, le nez dans l'oreiller.

Jean-Claude ferme les volets sur le jardin à la française qui descend vers le sous-bois en friche surplombant la rue Saint-Vincent. La nuit est claire, pleine d'étoiles. Ils me soulèvent de ma chaise et on s'éclipse, après un dernier regard à la fiancée déboutée. Un léger courant d'air agite les cendres, dans la cheminée où les plaisirs terrestres de Marc sont montés vers lui en fumée. J'imagine son esprit dans une paix relative, entre nostalgie, résignation et gueule de bois. Il a enterré sa vie de mortel.

On atteint l'escalier lorsque la porte de Yun se rouvre. On croit qu'elle va nous rappeler, mais le battant se referme aussitôt. C'était juste pour suspendre sa fiche de petit déjeuner. Jean-Claude va la prendre, après avoir confié mon aisselle gauche à Marlène. Il marque un temps d'arrêt, le nez sur la feuille cartonnée. Sur la pointe des pieds, tout rouge, il vient nous la montrer. Elle a commandé pour deux.

L'invitation sous-jacente crée un bref malaise entre nous. Mais, comme elle a juste coché thé au lait, pain blanc et beurre, on préfère décider que, pour cette nuit encore, la deuxième personne sera Marc.

Le voyage a duré douze heures. Sa permanente écrasée par le casque du lecteur DVD, Jaja était ravie du paysage qui défilait entre les épisodes de son feuilleton. Bany lui avait emporté l'intégrale des *Feux de l'amour.* On était un peu gavés par le générique qu'elle fredonnait en continu, mais pour faire écran on écoutait des musiques d'avant-guerre sur le vieux poste à lampe. Quand l'autoroute ne traversait rien de beau, Yun se concentrait sur les jeux de son i-Phone. Par nostalgie ou par bravade, elle portait sous un grand pull en mohair le fourreau de soie rouge dans lequel elle aurait dû se marier.

On se relayait au volant de la vieille Rolls, avec arrêt toutes les deux heures pour faire le plein d'essence, d'eau et d'huile. Bany était content : rien ne chauffait. Surtout pas l'habitacle. Couverts d'anoraks, de plaids et de bonnets, on avait l'air d'une famille SDF dans un carrosse royal. Sur le parking des stations-service, Jaja saluait les curieux d'un geste mécanique de reine mère. L'âme du lieu.

C'était un voyage plus agréable que prévu, surtout quand elle dormait. Silence de tapis volant, roulis de paquebot. Un voyage qui nous replongeait en nous-mêmes, à l'heure des bilans, des remises en question, des projets. Un voyage en arrière, un retour sur soi qui nous ramenait vers notre point de départ. La villa jaune de Georges Fayolle, l'éternel quadragénaire souriant dans le médaillon que Jaja portait ouvert en permanence. Les deux petites photos découpées en ovale les montraient au moment de leur rencontre, à Alger. L'époque où, serveuse au café Nali, Janine Hessler s'était jetée par réflexe sur l'armateur pied-noir pour le sauver de la mitraillette d'un fellagha. Son héroïsme de jeune fille et les représailles immédiates avaient débouché sur une passion indéfectible, que le père de famille avait cachée pendant trente ans. De retour en métropole, il avait racheté les chantiers navals de Villefranche et logé sa maîtresse dans la villa jaune au-dessus de la darse. Il y passait une semaine par mois, en voyage d'affaires. La famille Fayolle n'avait rien su de sa double vie, ni de l'existence des jumeaux adultérins qui avaient grandi à l'ombre de son charisme intermittent – jusqu'à sa mort, quand Jérôme l'avait fait déterrer pour la comparaison d'ADN. Tout ça pour un quart d'héritage et un deuxième nom de famille au bout d'un trait d'union.

Le téléphone de Bany a sonné à la hauteur de Valence. Il a dit allô, a fait une embardée, bredouillé quatre fois merci, puis il a prié la personne de bien vouloir répéter, en branchant le haut-parleur.

– Oui, je disais, vu la longueur du délai administratif, le président a préféré signer tout de suite. Il tient à vous assurer de…

Trois secondes de gêne, puis un ton de guillemets officiels :

– … tous ses vœux de bonheur. Nous transmettons le décret à la mairie de la commune.

*

On est arrivés un peu avant minuit. J'ai eu l'impression de débarquer dans ces moments suspendus de mon adolescence, lorsque Marc me sortait de l'internat du lycée pour me faire réveillonner avec une vraie famille. Même si le père, présent uniquement sous forme de cadeaux, nous souhaitait joyeux Noël dans une cabine téléphonique à l'autre bout de Villefranche.

Abdel avait respecté les traditions. Il y avait les pois chiches à l'eau de blettes, les courgettes farcies, le gratin de cardons, les treize desserts et le petit Jésus déposé à minuit pile dans la crèche provençale. Par respect œcuménique, comme toujours, il avait tourné les rois mages vers La Mecque.

Yun a tout de suite aimé la villa jaune, son odeur d'humidité poivrée, ses recoins, le fouillis des palmiers et des eucalyptus qui caressaient les façades décrépites à la moindre brise. Abdel l'a accueillie comme si elle avait toujours fait partie de la famille. Marlène lui a montré, au sommet de la tour carrée, le repaire de Georges Fayolle qui dominait la rade, avec ses verrières fendillées blanchies par les embruns. Son matériel de peintre du dimanche n'avait pas bougé depuis sa mort. Le soleil avait séché les tubes, déteint les aquarelles, durci les pinceaux. Mais dès le lendemain, elles avaient réactivé l'atelier où était née la passion de Marlène.

Jean-Claude et Bany m'ont accroché une corde

dans la cage d'escalier, et j'ai pu monter discrètement espionner les filles, moi aussi.

– Fais revenir en toi ce que tu aimes chez les autres, Marlène. C'est ton empreinte qui était là en premier, pas leur reflet... Laisse les couleurs te dire ce que tu ressens, ce que tu recherches. Voilà. Maintenant, rassemble toutes tes connaissances techniques, tout ce que t'ont appris tes artistes... Et tout ce qu'ils n'ont pas donné, surtout. Tout ce que tu as vu dans leurs œuvres et qui n'y était pas. C'est à toi. A toi de l'exprimer.

Marlène a froissé sa première esquisse, pris une autre feuille. Dans le jardin, emmitouflé au soleil sur une chaise longue, Bany traçait des plans. Jean-Claude, attablé devant son ordinateur, rêvassait sur des chiffres.

En regardant Yun, je sentais mon roman prendre corps. Un roman à quatre voix, pour faire entendre la sienne.

– C'est avec une douleur profonde et une joie intense que je m'adresse à vous, qui avez fait l'honneur à notre belle commune de la choisir, aujourd'hui, pour célébrer une union aussi bouleversante et aussi particulière – qui est pour moi, je l'avoue, malgré mon âge, une grande première.

Stature de rugbyman, cravate en bataille et lunettes sur le front, le maire déclame sans micro sous les voûtes de la chapelle désaffectée peinte par Jean Cocteau. De l'autre côté de l'autel, Yun l'écoute avec un sourire horizontal, moulée dans son fourreau de soie rouge. Devant elle, une photo de Marc prise jadis par sa mère, et les alliances sur un coussin.

– Et quand je vous regarde tous les quatre, Marlène, Lucas, Hermann et Jean-Claude, et quand j'évoque la figure de notre cher Marc, je revois aussi naturellement mon ami Georges Fayolle, et la grande époque des revues qu'il montait pour notre Lion's Club à l'hôtel Versailles, au profit des chiens d'aveugles – n'est-ce pas là qu'il vous a transmis ce merveilleux virus du théâtre qui a soudé votre amitié ?

Son regard redescend du plafond pour fixer la mariée.

– *Younn Siann*, éternue-t-il consciencieusement au-dessus de la fiche où il a écrit le nom en phonétique, acceptez-vous de prendre pour époux Marc ici absent ?

D'un coup de sourcils qui fait retomber ses lunettes, il demande l'indulgence pour ce trait d'humour si éloigné de ses convictions religieuses. Yun ne répond pas tout de suite. Elle se tourne vers nous, reste un instant en suspens dans nos regards. Un dernier élan ? Un premier doute ?

Elle revient vers le maire, puis plonge ses yeux dans ceux de la photo.

– Oui, dit-elle d'une voix sobre.

Le visage du maire remonte aussitôt vers le plafond.

– Marc, acceptes-tu de prendre pour épouse *Younn Siann* ici présente ?

Le silence noue les gorges. Du bout de notre rangée s'élève soudain la voix inquiète de Jaja :

– Plus fort ! Ils ne t'entendent pas.

On a laissé l'émotion refluer pendant quelques secondes. Puis, dans le grincement des chaises et le couinement de mes pneus, on s'est approchés de l'autel, avec nos costumes choisis par Yun et nos tee-shirts Magritte *made in China*. Jean-Claude et moi avons passé par procuration la première alliance au doigt de la mariée. Elle a pris la seconde, l'a glissée dans une chaîne que Marlène et Bany lui ont attachée autour du cou. Ensuite, nous l'avons embrassée de la part de Marc.

– Je souhaite que cet engagement au nom de l'amour, a conclu le maire, vous apporte dans votre épreuve, madame Marc Hessler, autant de force que d'espoir. Et je pense à un poème que votre beau-père me récitait souvent. J'ai vérifié ce matin sur Internet : il est de Léon-Paul Fargue. « Et peut-être qu'un jour, pour de nouveaux amis, Dieu tiendra ce bonheur qu'il nous avait promis. »

*

En sortant de la chapelle, on a continué vers le quai où nous attendait, dix mètres plus loin, notre vieille barque de pêche croulant sous des monceaux de fleurs rouges, bouquets de noces et couronnes mortuaires.

Quelques bravos timides sont montés de la foule émue des Villefranchois qui regardaient embarquer les témoins, la mariée et son urne. Il faisait un soleil d'hiver radieux, sans le moindre souffle de vent. Le temps idéal pour aller saupoudrer la mer d'un nuage de cendres.

Bany et Jean-Claude m'ont hissé à bord, Marlène a plié mon fauteuil, Yun a largué les amarres.

C'était le début de notre voyage de noces.

REMERCIEMENTS

A la mémoire de Jean-Loup Sieff, qui sait pourquoi.
A Patrice Serres et Zheng Lu-Nian, pour leurs lumières sur la Chine.

DU MÊME AUTEUR

Romans

LES SECONDS DÉPARTS :

VINGT ANS ET DES POUSSIÈRES, 1982, prix Del Duca, Le Seuil et Points-Roman

LES VACANCES DU FANTÔME, 1986, prix Gutenberg du Livre 1987, Le Seuil et Points-Roman

L'ORANGE AMÈRE, 1988, Le Seuil et Points-Roman

UN ALLER SIMPLE, 1994, prix Goncourt, Albin Michel et Le Livre de Poche

L'ÉVANGILE DE JIMMY, 2004, Albin Michel et Le Livre de Poche

HORS DE MOI, 2009, Albin Michel et Le Livre de Poche

LA RAISON D'AMOUR :

POISSON D'AMOUR, 1984, prix Roger-Nimier, Le Seuil et Points-Roman

UN OBJET EN SOUFFRANCE, 1991, Albin Michel et Le Livre de Poche

CHEYENNE, 1993, Albin Michel et Le Livre de Poche

CORPS ÉTRANGER, 1998, Albin Michel et Le Livre de Poche

LA DEMI-PENSIONNAIRE, 1999, prix Fémina Hebdo, Albin Michel et Le Livre de Poche

L'ÉDUCATION D'UNE FÉE, 2000, Albin Michel et Le Livre de Poche

RENCONTRE SOUS X, 2002, Albin Michel et Le Livre de Poche

LE PÈRE ADOPTÉ, 2007, prix Marcel-Pagnol, prix Nice-Baie des Anges, Albin Michel et Le Livre de Poche

LES REGARDS INVISIBLES :

LA VIE INTERDITE, 1997, Grand Prix des lecteurs du Livre de Poche 1999, Albin Michel et Le Livre de Poche

L'APPARITION, 2001, Prix Science-Frontières de la vulgarisation scientifique, Albin Michel et Le Livre de Poche

ATTIRANCES, 2005, Albin Michel et Le Livre de Poche

LA NUIT DERNIÈRE AU XVe SIÈCLE, 2008, Albin Michel et Le Livre de Poche

LA MAISON DES LUMIÈRES, 2009, Albin Michel

THOMAS DRIMM :

LA FIN DU MONDE TOMBE UN JEUDI, t. 1, 2009, Albin Michel

LA GUERRE DES ARBRES COMMENCE LE 13, t. 2, à paraître aux éditions Albin Michel

Récit

MADAME ET SES FLICS, 1985, Albin Michel (en collaboration avec Richard Caron)

Essai

CLONER LE CHRIST ?, 2005, Albin Michel et Le Livre de Poche

Théâtre

NOCES DE SABLE, Albin Michel

LE RATTACHEMENT, Albin Michel

L'ASTRONOME, prix du Théâtre de l'Académie française – LE NÈGRE – LE PASSE-MURAILLE, comédie musicale (d'après la nouvelle de Marcel Aymé), Molière 1997 du meilleur spectacle musical. A paraître aux éditions Albin Michel.

Composition IGS-CP
Impression CPI Bussière en avril 2010
à Saint-Amand-Montrond (Cher)
Éditions Albin Michel
22, rue Huyghens, 75014 Paris
www.albin-michel.fr
ISBN broché : 978-2-226-20843-9
ISBN luxe : 978-2-226-18440-5
N° d'édition : 18814/01. – N° d'impression : 101164/4.
Dépôt légal : mai 2010.
Imprimé en France.